REBELDE

Max Palicio
REBELDE

Reservados todos los derechos. Queda rigurosamente prohibido, sin la autorización escrita del titular de los derechos de la obra, bajo las sanciones establecidas por las leyes, la reproducción parcial o total de esta obra por cualquier medio o procedimiento, incluidos la reprografía y el tratamiento informático, así como la distribución de ejemplares mediante alquiler o préstamo público.

AGRADECIMIENTOS

Para Iván Eduardo Lópezcampos, sin cuya valiosa guía este libro no hubiera visto la luz.

ÍNDICE:

CAPÍTULO I	AMIGAS - 1
CAPÍTULO II	EL PARTIDO - 15
CAPÍTULO III	EL CONFLICTO - 51
CAPÍTULO IV	ENAMORADOS - 71
CAPÍTULO V	SIGUE LA MATA DANDO -77
CAPÍTULO VI.	¿QUÉ SERÁ DE TI? - 115
CAPÍTULO VII	INTOLERABLE - 145
CAPÍTULO VIII	AMIGOS - 163
CAPÍTULO IX.	UNA IDEA CLARA - 191
CAPÍTULO X	MANOS A LA OBRA - 219
EPÍLOGO	235

CAPÍTULO I
AMIGAS

Rebeca esperaba impaciente la entrada al vips más concurrido de la ciudad, el ambiente era cálido y estimulante. Sofía, la hostess que le atendía, vestía una falda ajustada a media pierna que se ceñía a su silueta, rindiendo tributo a su atractiva figura. Rebeca la miró a los ojos y sintió que algo apenas perceptible se despertaba en su interior; una sonrisa iluminó su rostro y Sofía le correspondió de la misma manera.

–Bien – dijo la joven –tu mesa estará lista en un momento y rozó suavemente su mano, el sutil gesto sugería cualquier posibilidad.

Rebeca acomodó provocativamente su blusa, llamando la atención de Sofía hacia sus generosos senos, después giró como si estuviera buscando a alguien y esperó un instante para que ella admirara su voluptuoso trasero. De pronto se dio vuelta y quedaron frente a frente. La hostess fue sorprendida infraganti.

Al ser descubierta solo sonrió y le indicó que la siguiera.

Ya en la mesa, percibió el aroma del café, le dio un sorbo y miró distraídamente hacia la puerta para ver si llegaba su amiga. Su humor cambió de inmediato al ver a Sofía; sonrió y admiró aquella delgada y atlética silueta.

Se acomodó el cabello con una mano, siempre que se impacientaba hacía ese gesto, tenía que hacer un esfuerzo para que aquel sentimiento no la rebasara. Si eso sucedía, todo pensamiento racional desaparecía de su mente y en el mejor de los casos, escapaba del encuentro para que no acabara en un drama de reclamos y gritos. Al ver entrar a su amiga, aquello desapareció por completo.

La hostess acompañó a Cecilia hasta la mesa.

Sofía, de manera casi imperceptible, tomó el hombro de Rebeca, rozó sus cabellos y se alejó caminando con evidente coquetería.

–¿Qué fue eso? –preguntó Cecilia.

–Nada, es solo un coqueteo. Está linda la niña, ¿no?

–Si tú lo dices.

Cecilia la miró y sus profundos ojos negros vulneraron el corazón de su amiga, que por un instante se sintió descubierta. Para salir de la impresión, señaló la blusa de Cecilia, quien soltó una risilla nerviosa.

–¡Están tan pequeños que nadie se da cuenta de nada! –Rebeca movió su cabeza lentamente.

–No digas eso, tienes un cuerpazo y lo sabes.

Cecilia sonrió contenta. Un ligero rubor encendió su rostro; siempre se había sentido muy a gusto al lado de Rebeca.

–¿Cómo estás?, ¿qué cuentas?, te ves superbién, ¿sabes? – dijo Cecilia.

Rebeca movió sus manos por encima de su cuerpo, queriendo demostrar de esa manera que lo que se ve no se pregunta, le gustaba que su amiga la halagara y reconociera su belleza.

–¡Pues nada, ya dando clases! Todo es nuevo ando muy ocupada, ¿y tú qué tal?, ¿qué es lo que querías contarme?

Rebeca aguardaba pacientemente a que se animara: Ha de ser algo grave, pensó, pero no dijo nada y esperó a que su amiga pudiera expresar lo que inquietaba su corazón.

–Es mi novio, la verdad es que la paso muy bien con él, pero me cela demasiado y me siento abrumada. Siempre quiere saber con quién hablo y de qué se trata, a veces, incluso me arrebata el teléfono. No soporta que ninguno de mis compañeros se me acerque, ya no sé qué hacer.

Cecilia era alguien muy especial y por demás querida. Desde niña había surgido entre ellas un sentimiento que la inquietaba y no estaba segura de que fuera correspondida, eso la desconcertaba. Por más que quería ocultarlo, su cuerpo expresaba lo que sus labios amordazados callaban. Sintió un cosquilleo que crecía entre sus piernas, le costó mucho trabajo salir de esa dimensión tan íntima.

–Ambas sabemos que eso no está bien – dijo Rebeca –ya sabes cómo puedRe terminar, comienzan así y después pasan a los golpes o cosas peores. Entiendo que al enfrentarlo corres el riesgo de perderlo, ¿pero no sería mejor eso a seguir como hasta ahora?

Cecilia escuchaba atentamente.

–¡Me da miedo! – respondió –no sé si pueda.

Los ojos se le pusieron vidriosos, las lágrimas intentaban comunicar lo que su corazón sentía ante las palabras de su amiga. Lo único claro era que no quería dejar a su novio, no estaba preparada.

–¡Claro que tienes la fuerza para eso y más! –le susurró Rebeca mientras levantaba su rostro animándola. Al rozar su piel, aquel sentimiento la asaltó nuevamente. Un pensamiento alcanzó a colarse: ¿qué haré con esto que siento?

A Juan José Guardiola le gustaba correr por las mañanas en el bosque de Chapultepec, disfrutando del oxígeno que le regalaban los árboles del lugar.

Le encantaba la sensación del despertar de la vida: el sol del amanecer tibiando su rostro, el murmullo del viento acariciando las hojas de los árboles; el juego de luces y sombras que tomaban vida a medida que el astro rey seguía su curso y el aroma de la tierra húmeda. Todo en el bosque hablaba de la alegría de vivir.

Con la primera vuelta calentaba su cuerpo, en la segunda aceleraba el paso, comenzaba a transpirar y el esfuerzo real se hacía presente.

Su mente, que en un principio era como un caballo desbocado, luego, de a poco, comenzaba a tranquilizarse. Le gustaba concentrarse en su cuerpo, se percataba del ritmo respiratorio, del sudor que resbalaba por su rostro y percibía con claridad el esfuerzo en sus músculos. Después, aumentaba todavía más el ritmo y era entonces cuando entraba en lo que los deportistas llamaban la zona.

Experimentaba su cuerpo líquido, parecido a la lava de un volcán y se sentía profundamente vivo. Esos momentos se convertían en una fuente de inspiración y sus ideas más creativas venían de ese estado.

Lo único que permanecía era la experiencia de percibirse desde su interior: en su punto más álgido el mundo desaparecía.

Después de correr unos sesenta minutos, volvía a trotar. La sensación de bienestar perduraba por horas, la actividad física intensa le aportaba tranquilidad, bienestar y una sensación de que todo estaba en orden.

En aquellos profundos ojos negros se reflejaba una aguda inteligencia y, además, un carácter alegre lo convertía en alguien optimista, vivía con sus padres en Bosques del Pedregal, aunque no todo era miel sobre hojuelas. Sufría crisis de epilepsia, que se manifestaban como una especie de ausencias en su mente. Cuando esto sucedía, se quedaba inmóvil y perdía la consciencia. Sus padres lo llevaron a los mejores centros de salud en los Estados Unidos y Europa, donde le administraron toda clase de medicamentos, pero al final, todo habría resultado en vano; esa enfermedad continuaba formando parte de su vida. Así como un jorobado tenía que lidiar con su "deformidad"; él había aprendido a vivir con su padecimiento y, afortunadamente, no había escalado más allá.

Su padre había contratado a dos personas que nunca estaban lejos de su hijo, ellos cuidaban de Juan en las crisis y eran también sus guardaespaldas.

Sus relaciones eran más bien fugaces y las mujeres salían corriendo al enterarse de su condición, no sin algo de pesar, con aquel sentimiento femenino de la madre protectora; así que, emprendían la graciosa huida en vez de la apasionada entrega:

No había un momento en la corta vida de Rebeca en el que los pleitos no estallaran, ya fuera por el uso del baño, por un poco más de comida o se enfrascaba en una lucha feroz para hacerse con cualquier prenda de ropa. Su padre se esforzaba para cubrir las necesidades de los seis hijos, pero una y otra vez regresaba de la calle cabizbajo y pensativo después de cubrir su jornada en la fábrica.

Cuando era una bebé su madre la estaba bañando en una pequeña tina. Corrió para evitar que su hermano se echara encima la olla con los frijoles hirviendo; apenas pudo llegar para que no saliera gravemente quemado. Mientras tanto, Rebeca se había hundido en el agua, cuando la madre reaccionó, brincó y la sacó, pero al parecer ya no respiraba. A partir de ese momento comenzaron los episodios.

A medida que crecía, Rebeca sentía como si las paredes de la recámara la oprimieran y dormía abrazada a una de sus hermanas menores; solo así podía evitar caer por las noches de la pequeña cama.

Esta manera de vivir se había convertido en su normalidad. Los dos hermanos mayores formaban parte de una banda de asaltantes y la hermana era stripper en el club nocturno de la colonia. Ella no tenía carácter para eso.

Por un lado, su madre se había obstinado en que fuera a la escuela y, por el otro, sentía el deber de ser un buen ejemplo para sus hermanas menores, a las que adoraba entrañablemente.

La madre, que se ocupaba del cuidado de la familia y, por si fuera poco, planchaba ropa para completar los gastos, se empeñaba en que Rebeca se convirtiera en maestra.

—Tendrás servicios médicos, la carrera no es larga y les dan muchas vacaciones, ¡qué más quieres! –repetía la mujer para motivar a su hija.

La hija escuchaba atentamente a su madre, cuando algo la asustó de pronto y se desataron las visiones. Sus ojos se desorbitaron como si unas manos aprisionaran su cuello con fuerza y daba bocanadas de aire, intentando en vano llenar sus pulmones. Mientras, agitaba las manos desesperadamente, uno de sus hermanos la sostuvo en brazos cuando yacía en el suelo.

No era la primera vez que le ocurría. El accidente sufrido siendo apenas una bebé era la causa de aquellas crisis, eso marcaría el resto de su vida. Ya sabían qué hacer, la sujetaban mientras terminaba la crisis y solo había que esperar. Nunca la llevaron al doctor ni a ningún centro de salud, no podían permitirse aquellos lujos en su precaria situación económica.

Después de las visiones, la respiración comenzaba a normalizarse hasta que finalmente retomaba el control sobre sí misma.

Aquellos eventos no dejaban secuelas en su mundo de una manera diferente y este efecto se prolongaba durante varias horas. Cuando entraba en ese estado, podía ver la naturaleza de las cosas, más allá de las apariencias, las convenciones sociales, las normas y las costumbres.

Entrar en un espacio como ese significaba para ella alegría y tranquilidad. Curiosamente, lo que parecía una maldición, se convirtió en la barca con la que surcaba el mar embravecido y caótico que era su vida. Su rostro se transformaba por completo y en su semblante se reflejaba la paz que experimentaba en aquellos momentos, tanto, que parecía la imagen misma de una santa.

–¡Solo falta la aureola sobre su cabeza! – decía su madre, además, su cuerpo se movía de una manera absolutamente armoniosa y relajada.

–Parece que va flotando – comentaba el padre, como si de pronto la gravedad dejara de tener efecto en su hija. Todo fluía con una extraña y placentera paz.

Rebeca tenía una tía que la adoraba, desde que nació se había convertido en su preferida. En el mismo instante de conocer a la niña, la tía se sintió conectada con aquella hermosa criatura.

Ofelia, la tía, nunca pensó el porqué de esta conexión y se conformó con vivir y actuar de acuerdo con lo que sentía. Para ella, como para muchas mujeres, sus emociones no requerían explicación ni mucho menos razonamientos, y nadie la podía sacar de aquel lugar sagrado donde vivía, en lo profundo de su corazón.

Cuando Rebeca cumplió doce años, dos cosas cambiaron el rumbo de su vida. Después de muchas deliberaciones entre su madre y la tía, ambas decidieron que se iría a vivir con su tía. A su padre, por más que la quisiera y le doliera la separación, eso representaba un alivio, pues la carga económica y la responsabilidad disminuirían, sin embargo, algo dentro de su pecho se desgarró, sintiendo que abandonaba a su querida hija. La frustración y la furia lo tomaron desprevenido. Salió rápidamente de la casa, unos botes de basura pagaron el precio y una vez más tranquilo, pensó: al menos uno de mis hijos tendrá una vida mejor.

El otro suceso ocurrió en la fiesta en casa de Cecilia, su mejor amiga.

¡Cecilia estaba feliz! La mesa rebozaba de regalos, se había tomado muy en serio el asunto y, además, la había preparado en compañía de su padre. Cada vez que salía de la escuela iban a la dulcería más cercana y compraban algo que iría en las bolsitas para sus invitados, no serían aquellas bolsas de dulces que siempre daban, ¡no señor! Quería que su fiesta fuera especial.

La casa estaba que reventaba. El mago estuvo fantástico, la piñata llena de dulces y juguetes y todo salió finalmente de maravilla.

Cecilia se veía exultante, además, la acompañaba su amiga inseparable, no podía pedir más.

Al anochecer, orgullosamente despedía a los invitados con una bolsa que habían preparado con gran esmero; su fiesta sonaría en boca de todos y sería la comidilla de la escuela.

La intensidad del momento ayudó a que la ardua tarea de poner en orden la casa fuera más llevadera, pues dejó de parecer un campo de batalla. Aquella actividad sosegó sus emociones y al cabo de un rato estaban acostadas, platicando de los detalles del día y riendo de todo. Su madre les apagó la luz y las mandó a dormir.

Arrojaron las cobijas al suelo, se cubrieron solo con la sábana y hablaban en voz baja. Entre risitas ahogadas, Cecilia sugirió.

–Rebe, ¿y si jugamos a ser marimachas? – se ruborizó y rápidamente cubrió su boca con ambas manos, sintiendo un fuerte cosquilleo que recorría todo su cuerpo.

La camiseta luchaba sin éxito ocultar aquello que sentía. Era imposible acallar aquellas colinas que gritaban lo que su cuerpo experimentaba ante la expectativa. La ropa interior, todavía con motivos infantiles, ya no podía ocultar lo que comenzaba a surgir con una intensidad que derribaba cualquier escrúpulo. Ningún pensamiento podría detener aquella avalancha de sensaciones. Cecilia le dio un beso en la mejilla y Rebeca se lo sacudió con la mano entre risitas sofocadas; a su vez, levantó el camisón y le tocó el abdomen. Su amiga se estremeció de la risa.

—¡Calla! —le indicó Rebeca, llevando el índice a los labios. Cecilia aprovechó, introduciéndolo en su boca. Comenzó a succionarlo lentamente y por su mente pasaron mil pensamientos. Su corazón se aceleraba y contenía la respiración, sin darse cuenta; en ese momento se abandonó por completo y el deseo asumió el control.

Rebeca cerró los ojos, esos pequeños juegos tenían un significado y una intensidad que solo los adolescentes pueden entender. El pequeño acto se presentó como una avalancha de sensaciones ante la falta de experiencia y su propia inocencia.

A partir de ese momento algo cambió, ya no hablaron y las risas se fueron apagando como una veladora que agota la cera.

Rebeca la abrazó torpemente y pegó su cuerpo lo más que pudo; su amiga le correspondió y se le unió, luchó al quitar su camisón y ayudó a que Rebeca se deshiciera del suyo. El sentirse tan estrechamente unidas fue demasiado, Cecilia no pudo evitar un pequeño grito, lo que sentía era imposible de contener. Se abrazó lo más fuerte que pudo a su amiga y Rebeca, sentada en la cama, levantó el cuerpo de Cecilia. De pronto estaban sentadas una encima de la otra.

Permanecieron unidas abrazadas con fuerza inusual, ninguna sabía qué hacer y con los ojos cerrados se dejaban llevar por las sensaciones. Sus cabezas reposaban sobre sus hombros, de alguna manera un movimiento ondulante inició el contacto entre sus partes íntimas, ambas se hincaron y se entregaron al contacto.

El abrazo se relajó, Rebeca bajó su rostro y sus labios tropezaron con aquel pezón endurecido. Al rozarlo con sus labios, Cecilia se estremeció y experimentó un placer para ella desconocido. Su respiración se volvió pesada, sus manos devolvieron el regalo y acarició lentamente aquellas pequeñas colinas que reposaban en el pecho de su amiga.

A veces con torpeza, otras con timidez, sus manos exploraban las llanuras de sus cuerpos, las pequeñas salientes y valles, dejando afuera cualquier intención ajena a sus sentidos.

Rebeca encausó sus dedos en la suave cabellera de Cecilia, la sujetó y jaló hacia atrás; la espalda siguió el movimiento en un arco de placer, Cecilia, entonces, extendió su mano y alcanzó el monte de su compañera. Lo frotó bruscamente, ella la tomó y le indicó una mejor manera, a su vez, metió la suya por debajo de la ropa interior de su amiga, lo hizo suavemente, sin prisa. Sus manos se deslizaron y en algún momento bajó la pantaleta, ansiaba sentirla plenamente. Cecilia, al sentir su desnudez rozando a la de su amiga, la jaló de las caderas y acompasó sus movimientos según los dictados del placer.

Rebeca tomó el rostro de Cecilia y acarició con sus labios los de su amiga que sintió que era demasiado; se aferró a ella y su cuerpo comenzó a temblar en una intensa emoción. Cuando la sensación disminuyó le correspondió con un prolongado beso, lo más profundo que le permitía su escasa experiencia.

Cecilia estaba al límite. Sin despegar los labios, aceleró el movimiento y sintió que llegaba al éxtasis: era su primer orgasmo con alguien más. La abrazó desesperadamente y su boca no pudo contener lo que su cuerpo sentía. Aquel quejido expresaba más que mil palabras. Quedaron inmóviles, la experiencia había sido abrumadora.

–¿Cómo estás? –preguntó Cecilia con voz temblorosa.

La mirada luminosa de Rebeca hizo innecesaria la respuesta.

El agotamiento hizo lo suyo, entrelazaron las manos y de a poco, el sueño las transportó a otra dimensión; la única señal que insinuaba lo sucedido era aquella sonrisa dibujada en el rostro de Rebeca.

CAPÍTULO II
EL PARTIDO

A los ojos de cualquiera, Juan era una contradicción; por un lado, era un burgués y por el otro, pertenecía al partido comunista: su situación se lo permitía, es fácil ser un idealista si no has padecido hambre, cuando no tienes que luchar por las pequeñas cosas que él, simplemente daba por sentadas.

Don José Anselmo Guardiola, después de interminables discusiones, fuentes de conflicto y separación entre padre e hijo, además de amargas peleas con su amada esposa Eugenia, "la bien nacida", (según la etimología de su nombre), había perdido la esperanza de que su único hijo siguiera sus pasos, ahora se conformaba con que la salud del joven no fuera a peor. En ocasiones soñaba con que su hijo era el director de sus empresas, estaba sano e incluso le daba nietos.

Juan pensaba que sus mejores ideas venían de los momentos en que salía a correr; la verdadera fuente, era en realidad las crisis de epilepsia, pero no podía saberlo porque, cuando sucedían, él perdía el conocimiento.

Así observaba y expresaba a sus camaradas los errores de cada sistema político, pues consideraba que era su responsabilidad hacérselos saber, razón de los eternos conflictos en que se enfrascaba. No entendía que lo que era evidente para él, no lo fuera para sus compañeros; lo que se le escapaba, es que sí lo comprendían, pero no lo aceptaban, una característica del fanatismo, aunque para ellos este calificativo solo era aplicable a los religiosos.

No todo era discusión y antagonismo, siempre que estaban de acuerdo, las cosas marchaban estupendamente. Sin lugar a duda, no podían confiar ciegamente en él, sin embargo, reconocían que se comprometía en la lucha, así que tenían una relación de amor-odio de la cual no podían librarse.

Juan iba con sus compañeros a la manifestación. La marcha partía desde el Monumento de la Revolución y terminaría en la explanada del Zócalo, apoyando al paro indefinido del Sindicato de Maestros. La policía los escoltaba a una distancia prudente, pero eso no evitaba los insultos por parte de los participantes más apasionados. El ambiente era tenso y lleno de expectativas, además, siempre existía la posibilidad de que las cosas se salieran de control, como ocurrió con la masacre de la plaza de las tres culturas en Tlatelolco en 1968.

A medida que la gigantesca serpiente entorpecía el tráfico, el ambiente se caldeaba cada vez más y los cantos de protesta llenaban el aire:

–¡No que no, sí que sí, ya volvimos a salir! ¡El pueblo unido jamás será vencido!

Al terminar la marcha, Juan sintió que le quitaban un gran peso de encima, las dificultades de la vida parecían menos intensas, además, había un motivo que lo entusiasmaba: a su lado iba la nueva camarada que llamó su atención.

Isabel Dosamantes llevaba unos pantalones de mezclilla desgastados, caminaba de prisa y su compañero no podía evitar mirar a través de la blusa semi transparente. Le llamaba la atención aquel sostén y pensaba: "Es extraño ver un escote sobre de otro". No era uno de esos sostenes baratos, parecía un Victoria´s secret: a ella, eso la divertía y aumentaba su autoestima.

No le obsesionaba la moda, había aprendido que las mujeres eran explotadas como objetos sexuales por los capitalistas. Algunas personas, cuando la veían pasar, se asombraban de la perfección de su cutis, cosa que ella agradecía, pero no lo hacía a Dios, sino a la herencia de sus padres. Ya Don Carlos Marx había declarado que: "La religión es el opio de los pueblos" y Federico Nietzche que: "Dios ha muerto", así que ella no creía en ningún Dios.

Llevaba el cabello amarrado en una cola de caballo, sin embargo, aquella simplicidad no le quitaba nada de atractivo. Su cabellera azabache ondulaba con el viento.

El ejercicio regular había moldeado las curvas de su cintura y caderas, esto la convertía en alguien muy atractivo para la mayoría de los hombres y para algunas mujeres que la encontraban digna de ser comida en un banquete, la podías ver con sus garras de ropas, pero nunca sucia o desgarbada.

Nos queda claro que todo esto no le pertenece por derecho propio, su imagen es parte del legado revolucionario, de esa contracultura que, como todo, tiene sus reglas y sus propios rituales. Lo reconocieran o no los comunistas, entre ellos y una religión había cantidad de similitudes.

Aquello que despreciaba, la moda y el cuidado excesivo de la imagen en las mujeres, era lo mismo que ella hacía, pero no se daba cuenta y, por lo tanto, se creía diferente y no en el buen sentido, sino de una manera enfermiza; se sentía superior y creía pertenecer a una clase especial que se llamaban a sí mismos "despiertos."

Acababa de inscribirse al partido comunista, que tenía su sede en una de las colonias más populares y violentas de la ciudad de México: el barrio de Tepito. Como parte de su idiosincrasia, viajaba en camión o metro, norma no escrita que formaba parte de la filosofía comunista. Una y otra vez observaba su carnet, –así le llamaban a la credencial que la acreditaba como miembro del partido –y se sentía orgullosa.

Cursó sus estudios de educación media en el Colegio de Ciencias y Humanidades, un semillero de opositores al sistema; formó parte de todos los comités y sociedades estudiantiles, pero ahora ella pertenecía al partido, aquello, reflexionaba, eran las ligas mayores.

Llegó al local un poco nerviosa y sacó orgullosa su credencial (¡perdón por el error: su carnet!, no sea que nos expulsen por no usar el lenguaje adecuado); el lugar bullía entre risas, pláticas y saludos y el ambiente se sentía cálido y lleno de energía.

Localizó a unos conocidos, logró llegar justo en el momento en que comenzaba el debate. El lugar daba la impresión de descuido, en la pared frontal había un desgastado y manchado mural de Vladimir Ilich Uliánov, "Lenin", junto a la figura del famosísimo Karl Marx; las duelas rechinaban cuando las pisaban, tenían una serie de niveles con unas sillas inestables; dos focos iluminaban de manera insuficiente el espacio y el conjunto se parecía al parlamento de Inglaterra de la segunda guerra mundial, pero en una versión sucia y descuidada; por último, la directiva, que estaba al frente, ocupaba una mesa rectangular de madera medio despintada, en ella se encontraba Juan, que pertenecía a la elite gobernante de la organización. El tema para debatir era el uso de la violencia con el fin de llegar al poder.

El camarada presidente habló sobre el uso indiscriminado de cualquier medio para llegar al poder y de cómo la historia demostraba, de una forma incuestionable, que la única vía real era el uso de la violencia.

Los asistentes escuchaban en silencio, la mayoría asintiendo mansamente con sus cabezas. Isabel se mantenía alerta por dos razones: la primera era que acababa de integrarse al partido, así que, para ella todo era nuevo y estimulante, la otra, que era flexible, rasgo propio de la juventud. Podía considerar el punto de vista de otras personas, su educación incluía la crítica del capitalismo, pero esta característica se extendió a otras áreas sin que pudieran hacer nada al respecto.

Se abrió el derecho al uso de la palabra. Juan aprovechó para exponer su desacuerdo, se levantó, miró al auditorio, después a los miembros del presidio y carraspeó para decir:

–Me parece que el uso indiscriminado de la violencia con tal de llegar al poder no es un recurso válido: nada justifica la privación de la vida de nuestros semejantes, sin importar qué tan equivocados nos puedan parecer sus puntos de vista o su manera de vivir, es un acto brutal e inmoral. Deberíamos plantear métodos alternativos para cambiar la sociedad.

Lo que Juan decía le pareció muy interesante a Isabel, en voz baja preguntó a su compañero.

–¿Quién es? –este le contestó:

–Se llama Juan, ya no saben qué hacer con él, siempre los mete en aprietos con sus constantes cuestionamientos.

Uno de los presentes, que estaba al lado, hizo "sht" y les frunció la frente para que se callaran, luego, Juan fue interrumpido por otro miembro de la mesa.

–Parece que al compañero se le olvidan las lecciones de la historia, esa misma historia que en muchas ocasiones utiliza como argumento para sostener sus ideas caducas.

–La historia demuestra que la elite dominante no dejará el poder por medios pacíficos; nunca ha sucedido de esa manera, recordemos lo que sucedió en la Rusia de los Zares, en la China feudal o en la misma Cuba, con Fidel Castro. La historia señala que la fuerza es el único recurso por el cual la dictadura del proletariado puede tener acceso al poder.

Juan aprovechó la pequeña pausa para arrebatarle la palabra.

–Compañero –alzó la voz –¡usted se equivoca completamente!, hay registros que nos demuestran que distintos grupos se han hecho del poder sin el uso de medios violentos, por ejemplo, en las primeras repúblicas existieron unas verdaderas democracias y en la época actual, los diferentes partidos políticos pueden llegar a gobernar por medio del voto ciudadano.

Sin previo aviso, alguien gritó desde las gradas.

–¡Lo que pasa es que eres un cobarde!, ¡la fuerza siempre ha sido la única manera que el proletariado tiene para tomar el poder!, está demostrado que no solo es válido, sino indispensable, pensar de otra forma es una demostración de debilidad. El Estado usa indiscriminadamente este recurso sin miramiento alguno.

Juan gritó:

–El que alguien cometa actos inaceptables no lo convierte en algo bueno o deseable! Si hacemos eso nos convertimos en aquello mismo que estamos combatiendo. ¡Por favor! ¿Es que no se dan cuenta? ¡No seamos tan estúpidos!

Alguien más despotricó.

–¡Eres un reformista, un revisionista, y lo que se requiere son revolucionarios!

La multitud estalló enardecida en aplausos, comenzaron a hablar, insultar y manotear al mismo tiempo e Isabel quedó sorprendida ante la intensidad y falta de orden de aquella singular asamblea, cuando de pronto sintió que la jalaban.

—¡Vámonos, tenemos que salir de aquí, esto se puede poner feo!

La gresca no comenzó así nada más, como si repentinamente todos estuvieran peleando sin más; aquellos sucesos para manifestarse requerían de la aparición de una serie de eventos en un determinado orden, pues tenían un estricto protocolo, como cuando uno arma un castillo de naipes: no puede uno poner simplemente la carta de arriba sin que antes haya puesto la de abajo.

Si falta una pieza, si no sigues los pasos en el orden determinado, no obtendrás el producto final sin importar que fuera un mueble para armar o una enorme bronca comunal: hay que seguir el estricto mandato determinado por las leyes de la existencia.

La situación fue escalando paso a paso según los dictados por el carácter de los presentes y el calor de la discusión, al igual que cuando uno visita el zoológico y se encuentra todo tipo de animales: grandes, pequeños, los que vuelan, se arrastran o caminan, así iban desfilando en aquella sala cargada de testosterona, todas las fases una tras otra, para llegar al desenlace violento.

Primero comenzaron los argumentos a favor y en contra, las palabras propias, tales como el uso del poder o el proletariado, luego llegaron los insultos verbales formales: reformista o cerdo capitalista;

después aparecieron las francas groserías: cobarde, maricón, y no tardaron en hacerse presente los clásicos insultos como pendejo, puto, chinga a tu madre, etc. Hacían todo tipo de señas y sus rostros se desfiguraban al seguir sus estados de ánimo.

Aquello se convirtió en un todos contra todos. Siguieron las miradas de odio, los empujones, los jaloneos, y sin más aparecieron los sopla mocos, los fregadazos, luego prosiguieron los chingadazos, volaron los francos madrazos sin faltar los verdaderos putazos y las ocasionales patadas en los huevos, cosa poco común en las peleas entre hombres, pero recurso preferido de algunas mujeres que le entraban a la fiesta de los golpes. Afortunadamente, el espectáculo terminaba rápido.

Las mujeres lograron sacar a muchos de sus compañeros, eran ellas las que evitaban que alguien resultara seriamente herido en aquellos zafarranchos, pero nunca faltaba una que otra que los impulsaba a la violencia. Esa no era la forma típica en que terminaban las reuniones del partido, sin embargo, tampoco era la primera vez que sucedía, por esta y por otras razones siempre había una vía de escape posterior, dos salidas laterales y una principal.

Al hacer el recuento de los daños, siempre quedaba el ojo morado, la mano hinchada, uno o varios dientes en el piso, un anillo marcado en el rostro y, por azares del destino, tampoco faltaba aquel que, finalmente, después de tanto golpe en los testículos, quedaba irremediablemente estéril.

¿Qué más se podía esperar de una organización con sede en Tepito? Cuna de expertos peleadores callejeros, el partido reclutaba gente de este tipo y de muchas otras clases. Nunca faltaban los integrantes de la colonia Buenos Aires y tampoco de la legendaria Netzahualcóyotl, así que no podemos sorprendernos de que ocasionalmente sucedieran este tipo de sucesos por demás folclóricos y lamentables.

Pero no se vaya a pensar que esta antiquísima manera que tienen los seres humanos para tratar de resolver sus diferencias es algo exclusivo del partido comunista; estos sucesos se daban también en otros espacios, por ejemplo en las cámaras de diputados o senadores o en las reuniones sindicales, pero no sucedía en las cortes de justicia por el simple hecho que estaba vigilada por las autoridades, así que este fenómeno tan escandaloso, grosero e incivilizado es muy común, pero por supuesto cada uno a su manera, a su estilo y con sus "asegunes", pero al final el resultado era el mismo, como dice la canción de Silvio Rodríguez: No es lo mismo, pero es igual.

Así terminó la primera asistencia de Isabel en el partido comunista. Quedó fuertemente impresionada por el desarrollo intenso y enfurecido de los acontecimientos y por el discurso de Juan; pensó. "Tengo que conocerlo".

Todo el drama y la intensidad le caían a la perfección, encajaban con su carácter apasionado y entregado. Sus expectativas no habían resultado defraudadas, aquella era la gente a la que pertenecía.

Llegó a su casa llena de energía, le platicó a su madre y a sus hermanos lo que había sucedido, estos desaprobaron y lamentaron el incidente, pero su lenguaje corporal demostraba otra cosa, su madre simplemente le dijo, –vete acostumbrando.

En la soledad de su cuarto desabrochó la blusa y el sostén voló por los aires. Ahora que está en el piso, podemos asegurar que es un victoria's secret, lo que nos dice que Isabel sí tiene algo de burguesa, aunque solo sea para hacer resaltar sus atributos femeninos. Se sacó los tenis, se desenfundó el pantalón y finalmente deslizó suavemente sus pantaletas.

En estos momentos, cuando podemos observarla desnuda, diremos que, con su metro sesenta y cinco tiene todo en su lugar y muy bien colocado: ni muy exagerado, ni desproporcionado. Se metió bajo la sábana, había sido un día especial; y ahora nos podemos percatar que duerme desnuda, así como Dios la trajo al mundo, siempre lo había hecho y siempre lo haría, sin importar las reglas del decoro y los buenos modales.

Sus pensamientos repasaban ociosos los eventos del día y su mano vagabundeaba por su cuerpo lentamente y a fuerza de pasar y repasar, su excitación se fue acrecentando. Los pezones se le endurecieron y sus senos crecieron un poco, su mano derecha se dirigió hacia su intimidad, jugueteando con su tupido vello púbico, que no lo recortaba y no hacía formas con él: ni un corazoncito, ni una flecha, ni siquiera un humilde triángulo con los lados como Dios manda, ¡nada!, ni mucho menos se le hubiera ocurrido rasurar su zona púbica, estas modas todavía no llegan en la época en que vive Isabel.

La mano dejó de juguetear y comenzó a acariciar su intimidad, que empezaba a humedecerse claramente. Las caricias delicadas pero firmes, hicieron que su respiración se volviera pesada y revelara su estado febril. Comenzó a presionar a un ritmo regular y cuando sentía que se acercaba una explosión de gozo, se frotó con la palma de la mano y luego estalló en un torrente de placer que su cuerpo no podía contener y exclamó: ¡ah! Siguió con el movimiento, todavía no había extinguido su fuego y su cuerpo se arqueó por el éxtasis que lo recorría. Poco después aquella sensación fue disminuyendo suavemente.

El cansancio la arrastró a la oscuridad, justo lo que necesitaba para renovarse y seguir adelante con su excitante vida. Tuvo sueños inquietos y extraños y cuando despertó, no pudo recordar nada; la única imagen que perduró fue una pancarta que decía "Bienvenida al Partido".

Lo que Juan no sospechaba es que la presencia de Isabel a su lado no era producto de la casualidad, ni del destino, ¡no señor! Ella quería conocerlo desde la reunión del partido: las mujeres tienen sus propias maneras de hacer las cosas y, en asuntos de sexo opuesto, casi nunca te abordan de manera directa.

Como fuera, Isabel gritaba, insultaba y cantaba con una intensidad que no era fingida, eso en parte hizo que Juan, al terminar el mitin, le dirigiera la palabra.

—¿Eres la nueva compañera del partido?

—Sí, respondió, como si no le interesara la plática y volteó hacia otro lado.

—Mi nombre es Juan, soy parte de la mesa directiva del partido; él también empezaba a jugar sus cartas, date cuenta de que no soy cualquier tipo, soy alguien importante.

Ella sonrió, volteando y dándole a entender que se daba cuenta de lo que estaba haciendo; él le extendió la mano y ella le correspondió. Al tocarlo, sintió su tibieza y una cierta falta de experiencia con las mujeres. Apretó el saludo con firmeza y seguridad.

—Isabel —dijo al estrechar su mano.

—Uno de mis compañeros me habló de ti y comentó que vienes de una tradición familiar de revolucionarios por excelencia. Tu llegada no ha pasado desapercibida —le sonrió— parece que vienes con un amplio currículum.

—No hagas caso —respondió Isabel, también con una sonrisa —son unos exagerados.

Ella llevaba un pantalón de mezclilla muy ajustado, dejando ver la figura de sus hermosas y bien formadas piernas y su orgulloso trasero. ¡Sería imposible no darse cuenta de todo aquello! El top dejaba ver un vientre fuerte y sin grasa, la impresión general gritaba: soy joven, sensual y muy atractiva.

–Tú tampoco pasaste desapercibido, ¡tremenda bronca la que desataste!

Juan hinchó orgulloso el pecho.

–La verdad es que no fui yo, los camaradas están esperando cualquier motivo para armarla en grande, yo solo les proporcioné un pretexto.

Se veía alegre e interesado. De eso se trataba, el plan de Isabel había funcionado, ¿cómo no habría de hacerlo? Los participantes del mitin se estaban dispersando y Juan tomó la iniciativa.

–¿Por qué no vamos a un café y platicamos un poco?, así nos ponemos al tanto sugirió. –Ella le sonrió coqueta.

–¿Por qué no? –fue la respuesta de Isabel.

Ahora que lo tenía más de cerca, supo que no solo le gustaba lo que había escuchado, también le agradaba la percha: joven, sano, directo, y quién sabe cuántas cosas más que suceden como por arte de magia en los primeros instantes de los encuentros.

Se encaminaron hacia un local donde podían pedir, tanto un café tipo americano o con leche, como un buen chocolate caliente con unos exquisitos churros recién horneados, cuyo aroma los invitó a quedarse. Observaron que algunas mesas estaban dispuestas al aire libre, cosa que daba un ambiente relajado e informal.

–Vamos a ver –comentó Juan, intrigado –así que vienes de una familia con una tradición revolucionaria, ¡cuéntame!

Ella se sintió halagada y comenzó a relatar:

–Mira –dijo y levantó levemente la voz –mi madre desde siempre ha pertenecido a todo tipo de organizaciones que se oponen al capitalismo, grupos populares y otros. Es en nuestra casa donde nacen y planean muchas actividades subversivas. Ella ha estado en la cárcel varias veces por participar en dichas actividades y yo, al igual que mis dos hermanos, crecí en ese ambiente. Nosotros también estamos comprometidos en la lucha. Uno de mis hermanos es actor de teatro y el otro economista, así que ya te podrás imaginar, en casa siempre se desayuna, se come y se cena ese tipo de asuntos.

–¡Qué interesante! –respondió Juan. Le atraía aquella joven llena de vida y comprometida en algo más que ella misma.

–Te toca, háblame de ti –dijo Isabel. Él la miró de frente, evaluando si el interés que mostraba era real o solamente una muestra de gentileza. Lo que percibió, le gustó.

–Pues bien –Juan aclaró la garganta –no hay mucho que decir. Estudié ciencias políticas en el Tecnológico de Monterrey.

Ella se sorprendió.

—¡Vaya, vaya! —se rió —así que eres un burgués disfrazado de comunista.

Él no se lo esperaba. Se sonrojó.

—No es así, bueno, la verdad es que mi familia no carece de medios, pero eso es puramente circunstancial —lo aclaró para que ella no fuera a crearse una imagen equivocada. —Mi interés y participación en el partido comunista es producto de mis reflexiones; con el tiempo se volvió una clara convicción y la verdad es que esta manera de pensar me ha traído gran cantidad de problemas y disgustos con mi familia. Como te podrás imaginar, mis padres no están de acuerdo en que me involucre en estas ocupaciones, así que mi interés en la lucha social es totalmente auténtico.

A Isabel le gustó la pasión y determinación que mostraban sus expresiones. Juan le comentó que le gusta hacer ejercicio en el Bosque de Chapultepec y la invitó a que lo acompañara cualquier día, ella simplemente resopló.

—¡Uy, eso está muy lejos!, para cuando llegue, ya habría pasado media mañana, pero gracias de todas maneras. También hago ejercicio vivo en la colonia Industrial, cerca de la Villa de Guadalupe

Él le sonrió.

—Igual está el metro, para que no tengas pretextos.

–Lo sé –respondió ella y pensó que esa posibilidad no era para nada práctica, pero que tal vez podría algún sábado o un domingo.

–¿Y qué hay de tu padre? –preguntó Juan.

–Vive en Estados Unidos, solamente lo veo en vacaciones, ya que paso unas semanas al año con él. Nunca ha dejado de apoyarnos, no sé qué pasó entre ellos, parece que hubo un distanciamiento provocado por las actividades de mi madre en su juventud, algunas revolucionarias y otras no tanto, no le gusta hablar de ello, así que no sé mucho al respecto.

Cuando se dieron cuenta, ya estaba anocheciendo, el tiempo había volado y ambos sentían que la habían pasado más que fantásticamente.

–Me tengo que ir, no quiero que se preocupen –comentó Isabel.

Juan solicitó la cuenta e insistió en hacerse cargo y ella aceptó; como todos sabemos, la igualdad entre hombres y mujeres incluye el hecho de pagar a medias. Sacó su flamante cartera, se veía muy abultada con la cantidad de tarjetas de crédito, pues las había de todo tipo y colores, incluso se veía el lomo de una de esas de color negro, las que no tienen límite de crédito. Extendió una al mesero y ella dijo, bromeando.

–En realidad eres un roto disfrazado, ¿a quién quieres engañar?

–¡Me descubriste! – ambos sonrieron.

–¿Quieres que te acompañe?

Nuevamente ese gesto la impresionó y pensó, parece que tenemos a un romántico disfrazado de comunista. Esta vez se guardó de hacer algún comentario y se sintió protegida, por lo cual le dijo agradecida:

–No es necesario, a unas cuadras está el metro, pero igual muchas gracias.

–Deja que te acompañe a la estación, siquiera.

Antes de salir, él le extendió una tarjeta que no mostraba ningún título, no decía licenciado en ciencias políticas y tampoco llevaba el logotipo del partido, solo su nombre, el teléfono y su dirección.

–No le doy estas tarjetas a cualquiera, ¡que conste! – advirtió. Ella lo tomó de la mano y dijo:

–Ya sabes que soy de la clase proletaria y no me puedo dar esos lujos.

Escribió el número de su teléfono en la palma de la mano de Juan, se dio la vuelta y se perdió en las escaleras. Juan la siguió con la mirada hasta que desapareció. Estaba muy contento y emocionado, la chica le había encantado.

Toda la semana, Isabel se rehusó a salir del recinto de su mente, su imagen surgía sin invitación, ya sea que se encontrara en una reunión del partido o viendo un programa de televisión, los recuerdos lo asaltaban constantemente.

Isabel tomó la iniciativa, no pudo con las ganas de volver a verlo y finalmente, a media semana le marcó. Guardaba la tarjeta, misma que adquirió un significado abstracto y sutil que solo tenía sentido en los rincones de su mente y, sin alcanzar todavía la categoría de objeto preciado, había logrado escalar un escaño importante en la jerarquía de las cosas.

Le marcó por la noche, pensaba que a esa hora era probable que ya estuviera en casa.

Uno de los mozos, con cara seria, le avisó a Juan.

–Lo buscan, joven.

A Juan, esas pequeñas expresiones lo divertían más que enojarlo.

–Gracias Francisco –respondió, palmeando su espalda como si fueran grandes amigos.

El hombre ni siquiera parpadeó, dijo:

–A sus órdenes, señor –y se dio la vuelta.

–Bueno –preguntó Juan con áspera voz –¿en qué le puedo servir?

No dijo un hola o qué tal, era imposible imaginarlo diciendo un ¿qué onda? Después de todo, podía tener las convicciones de un revolucionario, pero su educación era la de un niño rico.

Esto divirtió mucho a Isabel, que no pudo aguantar la risa.

−Te lo dije, no eres más que un niño burgués, ¿qué es eso de, en qué le puedo servir?, hablas como un esbirro al servicio del imperialismo.

Y soltó una sonora carcajada.

La situación lo tomó por sorpresa, apenas comenzaba a darse cuenta de quién estaba al otro lado de la línea y tímidamente preguntó:

−¿Isabel?

Pues claro, ¿quién más? −le dijo, como si fuera obvio y a todas luces evidente.

Era la primera vez que hablaban por teléfono, pero a ella le parecía que él debería reconocerla de inmediato. Así ocurre con algunas mujeres, que dan por hecho que el otro o los otros deben saber ciertas cosas que para ellas son por demás evidentes.

Juan pasó rápidamente del asombro a la alegría sin poder contenerse y, con una emoción en su voz que no dejaba lugar a dudas, comentó.

−¡Qué gusto!, ¿cómo estás?, me sorprendiste, eso es todo.

−Nada, solo hablo para saber si te habías olvidado de mí.

−¿Cómo crees? No se puede olvidar a alguien tan hermosa e inteligente.

Ella sonrió, ufana de sí misma; eso precisamente es lo que quería escuchar y continuó diciendo:

—Mira, ya en serio: van a estrenar la obra de Sacco y Vanzetti y mi hermano va a participar —y se quedó en silencio por espacio de unos segundos, reflexionando, luego agregó —sabes quiénes fueron Sacco y Vanzetti, ¿no es así?

Ahora tocó a Juan el turno de reírse.

—¡Claro que lo sé!, ¿con quién crees que estás hablando?, ¿a poco piensas que eres la única anarquista en este planeta?

—¡Perfecto!, entonces ¿qué dices?, ¿vamos?

—¿Es una invitación?

—No tonto, ¡es solo para que te ilustres!

Ambos rieron con ganas.

—Claro que sí, será un gusto acompañarte.

Nuevamente ella hizo una pausa, algo le pareció a Juan un poco extraño y fuera de lugar. Estaba acostumbrado a una conversación concisa y fluida, pero no se encontraba frente a una camarada más, sino que hablaba con Isabel, la mujer con una infinita gama de posibilidades en su comportamiento. Ahora, ella parecía sentirse tan a gusto que podía darse el lujo de ser ella misma.

Ella se quedó en silencio, evaluando si decirle algo o no, o si tal vez excedería los límites.

–Irán mi madre y mi hermano, pero no vayas a pensar que te estoy tendiendo una trampa al presentarte a mi familia o que esto significa alguna otra cosa en tu mente retorcida. Nos acabamos de conocer, somos un par de extraños, así que mejor te lo digo para que no pienses estupideces.

A Juan le pareció muy graciosa la explicación, acusó de recibido el mensaje oculto. –Significas más que alguien que acabo de conocer.

Como temía, Isabel se había excedido, pero ya no había marcha atrás

Él comentó alegremente:

–Ya sabes lo que dice el dicho: explicación no pedida, culpa asumida.

Ella se salió de inmediato por la tangente.

–Como sea, ¿quieres ir o no? –preguntó Isabel. Sonaba molesta, pero no estaba enojada con él, sino con ella misma ¡por pendeja! Se había dejado llevar por sus emociones, realmente quería volver a verlo.

–Cuenta con ello –dijo él en un tono alegre y ligero.

–¿Puedes llegar un poco antes para evitar los tumultos? –volvió a preguntar ella.

–Claro, ahí estaré y llevaré dinero para los boletos.

–¡Ay, no puede ser!, ¿no te digo? Eres un burgués insoportable, ya los tengo, mi hermano es parte del elenco, no me costaron nada.

Él se dio cuenta, lo había considerado desde antes de decírselo, tanto como para tener ya un boleto para él, comprado o regalado, daba igual.

–Ahí estaré –y asestó el golpe final –será un placer conocer a tu familia.

Ella solo pensó, ¡trágame tierra, eso me pasa por estúpida!

–Muy bien, ahí nos vemos, no vayas a faltar –dijo, ecuánime, no obstante.

Juan llegó con media hora de anticipación, buscaba por un lado y por el otro la seductora figura de Isabel. El lugar no tardaría mucho en estar lleno. Caminaba de aquí para allá, un poco nervioso, otro poco ansioso, aunque no tenía por qué, se dijo, ya que se conocían hacía apenas una semana, sin embargo, en las cosas del corazón el tiempo deja de tener un sentido convencional; un minuto se puede convertir en una eternidad y una eternidad en un minuto. Observaba la cartelera, cuando escuchó su nombre a lo lejos: era ella. Su rostro se transformó, la saludó con la mano en alto y fue a su encuentro. Trataba de que no se diera cuenta, pero iba casi corriendo. Hay cosas que no se pueden ocultar, así que había que apechugar: ¡lo que se ve no se juzga!

Isabel lo recibió con una sonrisa que iluminó su rostro, lo tomó de la mano y tiró de él.

–Te presento a mi madre y a mi hermano –dijo Isabel con una sonrisa, Juan, en cambio, puso su mejor cara de seriedad.

–Es todo un placer señora –dijo, dirigiéndose a la madre de Isabel –Juan José Guardiola para servirla.

Aquella presentación divirtió mucho a la señora, quien susurró al oído a su hija

–¿Qué fue todo eso?, ¿no dijiste que era uno de los nuestros?

Ella se encogió de hombros y lanzó una mirada como un puñal a Juan. Este comprendió de inmediato, pero el daño ya estaba hecho. La madre de Isabel hizo un inventario rápido y pasó la inspección; Isabel aligeró el momento al tirar de ellos.

–Vamos, se hace tarde, nos van a ganar los asientos.

La obra trataba de un caso muy sonado: una tremenda injusticia hacia dos inmigrantes italianos, Nicola Sacco y Bartolomeo Vanzetti. Estos personajes fueron anarquistas y luchadores por la igualdad y sirvieron de chivos expiatorios en una etapa por demás difícil y crítica en los Estados Unidos, de modo que fueron detenidos, acusados y torturados injustamente, después de permanecer siete años en la cárcel; finalmente, la silla eléctrica acabó con sus vidas.

La obra era emotiva y muy dinámica. Salieron emocionados, comentando la barbarie típica de los imperialistas. Había canciones e himnos al respecto, ya que, ciertamente se convirtieron en mártires.

Al salir, Juan la invitó a cenar con el pretexto de analizar profundamente la obra y ella aceptó de inmediato. Juan se sentía nervioso, estiró la mano y dijo:

—Ha sido un verdadero placer conocerla.

Nuevamente se había excedido. La madre de Isabel no pudo evitar reír entre dientes.

—¿A qué partido dijiste que perteneces?, ¿al PRI?

Le dijo y sonrió con picardía. Ahora sabemos de dónde viene el buen humor y el carácter juguetón de Isabel, pensó Juan.

Ya caminando con él a su lado, Isabel se la soltó:

—No tienes remedio, ¿qué fue eso?

—Me puse nervioso, eso es todo.

Ella aprovechó para hacer una pregunta clave.

—¿Por qué te pusiste nervioso?

Sabía la razón, pero quería que la dijera, sin embargo, él no se la pondría tan fácil.

—No lo sé —respondió Juan —en ocasiones me ocurre esto con cualquier persona, no es nada en especial.

Isabel frunció el ceño y torció la boca.

Fueron a la zona rosa, a un restaurante de comida china. En el pasillo había una pecera con peces de colores rojos y blancos; al entrar al lugar, un pequeño puente de madera en forma de semicírculo y por debajo una corriente de agua ayudaba a relajar a los comensales.

Juan eligió una mesa alejada del grupo principal e Isabel se dejó guiar casi como una mujer tradicional, sumisa y obediente. No era una elección consciente y deliberada, como ya vimos que las puede tener, ¡no!, en esta ocasión, simplemente se sentía cómoda y le gustaba esa forma que tenía Juan de hacerla sentir protegida e importante.

Llegaron a la mesa, él se adelantó para tirar de la silla y ofrecerle un asiento. Esto la divirtió, no estaba acostumbrada a este tipo de cumplidos; le sonrió, hizo una pequeña inclinación con su torso al estilo victoriano y se sentó.

–Y bien, ¿qué te pareció la obra? –preguntó Isabel.

–Estuvo muy bien actuada, se ve que a tu hermano le apasiona lo que hace, pues se apropió intensamente del papel. Creo que está muy decentemente llevada para ser una compañía que no se dedica a eso de manera profesional.

Ella comentó:

–Me encantó, esa historia es una fuente segura de inspiración para seguir en la lucha y trabajar para que algún día todas esas cosas dejen de suceder.

–Me gustó esa frase que resume la intención de la lucha revolucionaria: "No está lejos el día en que habrá pan para todas las bocas, techo para todas las cabezas y felicidad para todos los corazones. Tal triunfo será mío y vuestro, compañeros".

Ella aplaudió, emocionada.

—Te la aprendiste de memoria —exclamó.

—Ya la había escuchado, pero, por alguna razón me impactó, es por eso que la recordé. Esa es la esencia de nuestra lucha, ¿no? De eso se trata, de colaborar para tener un mundo más justo, más humano, donde todos tengan las mismas posibilidades y nadie tenga que pasar hambre o sea tratado de manera injusta, un lugar donde la explotación del hombre por el hombre no exista.

Isabel asintió con un ligero suspiro y respondió:

—Me parece que, además de ser un iluso y un soñador, también eres un romántico irremediable.

El comentario lo sacudió un poco.

—¿Acaso tú no eres una soñadora o una ilusa?

Ella sonrió.

—Así es, pero no soy romántica, así que me llevas una ventaja.

Juan se relajó, ella no se estaba burlando y tampoco lo estaba descalificando.

Isabel continuó.

—Dime, ¿qué música te gusta?

--Me fascinan los Beatles, son muy creativos y sus canciones reflejan una realidad en ocasiones personal, pero otras son de carácter social, son fabulosos.

—A mí también me encantan —afirmó Isabel.

–¿A quién no?, son geniales, igual me gusta mucho la música de Bob Dylan: "Blowing in the wind", por ejemplo.

Ella le respondió con una broma.

–¡Qué presumido me saliste!, ahora resulta que también hablas inglés, ¿no te digo?, eres un verdadero burgués.   –¿Y qué tal la nueva trova cubana?

Juan elevó la voz.

–¿Vamos con La vida no vale nada?

Ella contestó, emocionada:

–Yes.

Y cantaron a coro:

La vida no vale nada

si no es para perecer,

porque otros puedan tener

lo que uno disfruta y ama.

La vida no vale nada

Si cuatro caen por minuto

y al final por el abuso

se decide la jornada

y, por eso para mí,

la vida no vale nada…

Estaban eufóricos, plenamente identificados y entonces, lo abordó brutalmente.

—Y dime: ¿tienes novia o algo así?

Juan se puso serio.

—Mira, ese es un punto sensible; si no te molesta, de momento no quisiera tocar ese tema.

Isabel decidió cambiar de rumbo.

—Por cierto, no tengo novia ni algo así, ¿y tú? —continuó él.

—¿Cómo te atreves a preguntar eso —exclamó agraviada —¿qué no ves que soy una jovencita de dieciocho años? ¡Me ofendes, estoy guardando mi virginidad para cuando me case con mi príncipe dorado!

A él le fascinaba el sentido del humor de ella y que se tomara las cosas tan a la ligera.

—¡La respuesta es no!, claro que no, ¿cómo se te ocurre preguntarle eso a una dama? —agregó con picardía.

Ambos rieron con ganas.

La comida olía deliciosa.

—¿Te parece que compartamos los platillos? —sugirió Juan.

Hablaron de mil cosas mientras él la miraba a los ojos.

–Hay algo que quiero decirte –y puso su mejor expresión de seriedad.

Al ver su semblante, ella supo que era algo importante, así que dejó las bromas de lado.

–Adelante, soy toda oídos.

–Es sobre el asunto de las parejas, sabes.

Decidió poner de una vez las cartas sobre la mesa, no quería encariñarse y que resultara como siempre.

–Mira, la verdad es que nunca he tenido una pareja en serio, lo he intentado, pero tengo un problema – continuó.

Ella se quedó inmóvil y preguntó

–¿Cuál es?

Juan Le platicó sobre sus crisis de epilepsia, le contó en detalle, ella ni siquiera parpadeaba.

–Y hay otra cosa... –agregó Juan.

"¿otra cosa más...?", pensó ella, pero no dijo nada.

Estaba decidido, se arriesgaría, más vale que sea ahora...

–¿Ves aquella mesa? –le dijo él por fin.

Ella giró hacia donde señalaba y respondió:

–Sí.

Juan hizo una seña y un hombre respondió, asintiendo con la cabeza.

—Mi padre lo contrató, siempre anda conmigo, cuida que nada me pase en caso de una crisis y también para que no me vayan a secuestrar.

Isabel se quedó con la boca abierta. Si no se lo hubiera dicho, ella jamás se habría percatado. Se quedó muda, cosa harto difícil en ella.

—Bien —añadió Juan, agachando la cabeza— me gustas mucho, así que mejor que lo sepas de una buena vez, ¿qué opinas?

La miró, nervioso. Ella susurró.

—Permíteme un momento, ahora sí que me has tomado por sorpresa.

Se tomó unos instantes para procesar lo que acababa de escuchar, se levantó y él pensó que todo había terminado en ese momento; pero, para su alivio, ella dijo:

—Ahora vuelvo, voy al baño.

Eso le daría un poco de tiempo para recuperarse. Juan, en cambio, estaba inquieto y miraba a su cuidador, que solamente se encogía de hombros, como diciendo, pues ¿qué esperabas?, así que se acomodó en su silla.

Isabel regresó más tranquila. Había tenido tiempo de pensar en lo que Juan le había revelado; lo tomó de ambas manos y declaró:

—Agradezco que seas sincero conmigo y te arriesgues a que no nos volvamos a ver. Sé que no es fácil para ti, pero si vamos a estar juntos, no hay mejor manera de iniciar; por otro lado –prosiguió –comprendo la posición de las mujeres a este respecto y, ya que nos estamos sincerando, yo también tengo algo que decirte.

Esta vez fue él el sorprendido y la soltó de las manos para poder ver su rostro.

–Muy bien, ¡escucho! –expresó Juan.

–Hace un año, mi menstruación se volvió una locura. Fui con los médicos y, después de muchos estudios y pruebas, dijeron que tengo matriz infantil, es decir que no puedo tener hijos. Una sombra cubrió su rostro

–De manera que como sea es un hecho, así que esa enfermedad que tienes no es una amenaza para mí – concluyó Isabel.

A Juan se le iluminaron los ojos, apenas podía creer lo que escuchaba. No es que se alegrara de que ella no pudiera tener hijos, sino que más allá de eso, podría, si así lo sintiera su corazón, ser alguien que no saliera corriendo; aquella esperanza apenas le cabía en el pecho.

–Y con lo del tipo, tenía razón desde un principio – agregó ella –eres un burgués de mierda.

Y se puso a reír como si nada. Él se uniría rápidamente al festejo.

Al salir, ella lo tomó del brazo.

–Suficientes sorpresas y confesiones por un día, ¿no te parece?, acompáñame a pedir un taxi, mi mamá debe de estar preocupada.

–De ninguna manera, ¡te acompaño hasta tu casa! –replicó Juan.

Ella lo miró a los ojos y dejó de comportarse como una revolucionaria.

Se quedaron en silencio, reflexionando en lo que acababan de escuchar. Juan estiró su mano y tomó suavemente la de ella, Isabel entrelazó sus dedos con los de él e inclinó su cabeza hasta descansarla sobre su hombro.

Cuando llegaron, su madre salió en cuanto escuchó el taxi. Miró salir a su amada hija y se percató que se despedía de Juan, dándole un beso en la mejilla.

Al entrar, le pidió a Isabel todos los detalles, pues casi no tenían secretos. Después de ponerla al tanto, la hija se fue a dormir; en esta ocasión, sus manos se unieron por debajo de su cabeza, a manera de almohada de los pobres e Isabel se fue durmiendo suave y tranquilamente.

El tercer encuentro fue completamente distinto. Una vez aclaradas las cosas y decididas por ambos, la situación se desencadenó a la velocidad del rayo, tanto que terminaron en un hotel, uno en los brazos del otro, así, sin consideración alguna y sin palabras. Sus cuerpos solo expresaban lo que sentían y deseaban.

No nos vamos a entrometer en sus sábanas para observar lo que sucedió, no sea que nos tachen de obscenos, mucho menos de voyeristas; solamente diremos que el encuentro sexual no fue tan bueno, eso tendría que esperar, pero a ninguno le importaba, lo relevante era lo que sentían, lo demás iría tomando su propio cauce a su debido tiempo.

De lo único que vamos a dejar constancia es de que Juan está muy bien dotado en su sexualidad. Isabel comprendió algunos de los comentarios que habían hecho algunas camaradas. Ya se había encargado de realizar una exhaustiva investigación sobre Juan y, cuando preguntaba, le contestaban directamente.

—Mira compañera —le decían —Juan no es alguien con quien querrás tener una relación seria, pero sí es bastante bueno para una relación casual, además —se rieron —vive lejos.

Ahora, después de conocerlo íntimamente, se daba cuenta de lo que aquellas mujeres habían querido decir. Hoy podía comprender a cabalidad ambos comentarios, que días antes le habían parecido confusos.

Ya abrazados y tranquilos en la suave cama, él le preguntó:

—¿Cómo estás?, ¿cómo te sientes?

—Feliz —respondió y lo miró a los ojos. —Más allá de que casi me partes en dos.

Luego se carcajeó, haciéndole cosquillas en el abdomen. En esos momentos lo único importante era que estaban juntos con aquel sentimiento que llenaba sus corazones.

Él preguntó:

–Entonces, ¿qué?, ¿somos novios o algo?

Ella regresó a su papel de anarquista y le dijo jugando:

–¡Algo!

Y se encaminaron felices, a llenar sus estómagos.

CAPÍTULO III
EL CONFLICTO

Rebeca creció en la pobreza, sin embargo, sí le alcanzó para tener un apellido: Bocanegra, así es, el mismo que el compositor del himno nacional: Francisco González Bocanegra, quien sería encerrado por Guadalupe González del Pino Villalpando, que era a la vez su prometida y su prima. Ella no le permitió salir hasta que escribiera la letra de una propuesta para el concurso del himno que se celebraría. Francisco se afanó de manera formidable y en unas cuantas horas terminó la letra del himno, no sabemos si es porque le urgía ir al baño o por las enormes ganas de tener sexo con su prima, o tal vez era claustrofóbico, cualquiera que fuera la razón terminó la letra rápidamente, le quedó nefasta, pero atinó al adular de manera espectacular el ego de los mexicanos ¡y claro que ganó el concurso!

¿Cuándo se había visto que un obrero tenga un apellido así? Es muy entendible y razonable que los pobres tengan apellidos más comunes y corrientes, por ejemplo, Gutiérrez, Sánchez, o Ramírez, pero ¿Bocanegra? No, aquello no calzaba y, por si fuera poco, le recordaba constantemente la letra del himno, cosa que detestaba fervientemente, ya que lo escuchaba siempre al iniciar las clases en la escuela primaria.

Rebeca Bocanegra no podía entender cómo era posible que la gente no se diera cuenta de las cosas tan terribles que dice el himno nacional mexicano, todo eso la escandalizaba.

–¿Es que no se dan cuenta? ¿Cómo es posible que las personas se sientan orgullosas del himno y se lo traguen como cualquier cosa? Nada más hay que escucharlo, no es necesario ser un genio; con el simple hecho de tener dos dedos de frente, uno se podría dar cuenta de tanta barbaridad.

Lo que se le escapa a nuestra Bocanegra es que la inmensa mayoría no se cuestiona casi nada; no dudan, no reflexionan, tampoco son críticos ni en eso ni en una infinidad de situaciones comunes y corrientes, importantes y no tan importantes porque, si lo hicieran, sería como ella dice: cualquiera que observara con ojo crítico lo que orgullosamente proclama el himno nacional, fácilmente se daría cuenta lo que señala Rebeca, no se necesita un CI mayor al del promedio.

Mexicanos al grito de guerra, así comienza el himno nacional, un llamado a la violencia sin una introducción ni una pequeña sutileza, ¡no!, brutalmente.

Y retiemble en sus centros la tierra

al sonoro rugir del cañón.

Aún más violencia con armas aterradoras.

Mas si osare un extraño enemigo,

profanar con su planta tu suelo,

piensa ¡oh patria, querida que el cielo

un soldado en cada hijo te dio!

Tal parece que te enseña a ver al otro como a un enemigo o que al cielo no le alcanza para nada más; seguro que hubo una gran escasez de recursos humanos, pues no le dio para un poeta, ni siquiera le alcanzó al pobre cielo para un arquitecto, un ingeniero o un maestro como Rebeca, y ya ni hablar de algún pensador o un sabio.

Ciña, ¡oh patria! tus sienes de oliva

de la paz el Arcángel Divino,

que en el cielo tu eterno destino

por el dedo de Dios escribió.

Para colmo de males, el destino está escrito por Dios, no por los actos del hombre, tampoco por las circunstancias, no señor: ¡por el dedo de Dios! ¿Qué hacer ante esto? Eso no se puede discutir, no se puede dialogar.

Uno se pregunta: ¿cómo es que Francisco González Bocanegra sabía los designios de Dios? ¿Acaso eran cuates? Tal vez era su asistente personal, algo ha debido ser, de otro modo, ¿cómo se habría enterado? Sabemos que Moisés hablaba directamente con Dios, no importa el hecho de que fuera bajo el disfraz de un arbusto en llamas; Jesús era su hijo, pues le hacía pedidos directo, aunque tal vez no fue un buen hijo, porque al final lo abandonó a su suerte cuando más lo necesitaba. Pero de Francisco no tenemos ningún registro, solo que, en esas cuatro horas, cuando estuvo encerrado, haya recibido, quizá, alguna revelación divina, pero, al menos, como Juan Diego cuando se le apareció la Virgen, hubiera solicitado una prueba o un testimonio para que sus coterráneos no fueran a pensar que había enloquecido; sin embargo, todo esto es un misterio y como ya hace tiempo que murió, quedará para siempre irresuelto, ¿qué le vamos a hacer?

Rebeca odiaba el himno, pero ¿qué iba hacer con su apellido? Es claro que, si a uno le desagrada su nombre, puede ir al Registro Civil y cambiarlo, pero ¿el apellido? No puedes solicitar el cambio de tu apellido, es el lazo que nos une a nuestros antepasados y el hilo que nos permite lanzarnos al pasado en busca de nuestro legado. Si pudiéramos cambiarlo estaríamos absolutamente perdidos, anclados en un presente sin esperanza, sin poder rastrear nuestro árbol genealógico, ¡aunque esto importe un comino a casi todo el mundo!

Esa mañana, Rebeca decidió que ya era suficiente, de manera que subió a los niños de primer grado al salón y directamente se saltó el saludo a la bandera y el himno nacional. La directora la llamó a la hora del recreo y Rebeca ya se las olía, así que entró como si nada hubiera pasado.

–Buenos días, ¿quería verme?

–¡Siéntese! –ordenó la directora.

Rebeca no hizo caso, no se iba a sentar mientras la directora estuviera de pie, no le permitiría adoptar una postura de superioridad, ¡para nada!

–¿Me puede explicar la razón por la que sus alumnos no se presentaron a la ceremonia del saludo a la bandera y el himno nacional?, ¿algo se los impidió? –preguntó la directora.

Rebeca contestó:

–No, lo que pasa es que me parece que eso está muy mal.

–¿A qué se refiere?

–Ya sabe, estamos adoctrinando a los inocentes niños con cosas muy dañinas.

–¿Acaso no sabe que es parte del programa escolar? –exclamó la directora.

–¡Por supuesto que lo sé!, pero eso no lo convierte en algo bueno.

–¡No está aquí para juzgar esas cosas! Hay que seguir los lineamientos escolares. Usted no es nadie para decidir lo que se debe hacer o no en un recinto escolar, para eso están las autoridades.

–¡Vamos!, no pasa nada -replicó Rebeca –no he matado a nadie, solo salvé a los pobres niños de ese terrible hábito que tenemos de convertirlos en robots desde el momento en que nacen, en máquinas de guerra o en soldados obedientes, eso es todo.

La directora alzó la voz.

–¿Cómo se atreve?, ¿quién se cree usted para juzgar? Su función en esta y cualquier otra escuela pública es obedecer las órdenes y seguir el programa, no se le paga por tener opiniones o cambiar los programas. Por esta única ocasión le voy a dar un reporte, pero por favor, que no se repita y le pido que se guarde sus opiniones, a nadie le interesa conocerlas y, si comienza con esas cosas, le aseguro que se meterá en muchos problemas.

–¡Como sea! –dijo Rebeca en un tono insolente y se dio la vuelta. La directora le echó unas miradas asesinas, pero ya era tarde, se había retirado, no le dio la oportunidad de sacar su veneno.

Ya afuera, Rebeca se permitió expresar lo enojada que estaba; no había querido darle el gusto a la directora, ¡eso sí que no! Se alejó a paso rápido, haciendo una serie de muecas.

Pasaron dos semanas y Rebeca lo volvió a hacer, en esta ocasión, la directora no esperó hasta la hora del recreo, sino que le pidió a una maestra que se hiciera cargo del grupo y a Rebeca la mandó llamar de inmediato a la dirección y luego solicitó a un maestro que se quedara con ellas: quería tener un testigo para prevenir que en el futuro le pudiera decir mentirosa o cosas por el estilo.

Rebeca llegó con su mejor cara de póker.

–¿En qué puedo servirle? –dijo en un tono burlón.

–¿Y ahora qué sucedió?, ¿por qué los niños faltaron a la ceremonia de la bandera?

–No fue nada –señaló Rebeca, mirándola directamente a los ojos –ya sabe lo que pienso de esas cosas.

–¡Silencio! –gritó la directora –¿no fui lo suficientemente clara la otra vez?

–La bandera no es más que un pedazo de tela, no tiene ningún valor, solo el que nosotros le atribuimos en la imaginación con nuestra mente enferma – arguyó Rebeca.

Pasados unos minutos, ambas gritaban y el pobre profesor no sabía qué hacer, no estaba acostumbrado a ese tipo de escenas. Tenía los ojos desorbitados; el hecho de que una maestra le hablara de ese modo tan insolente y grosero a la autoridad era algo inédito, de manera que solo pudo arrinconarse en una esquina de la oficina.

–¡Está suspendida! –vociferó la directora –voy a levantar un acta administrativa para que conste, el maestro es testigo de su desacato y su falta de respeto a las autoridades de este plantel y la suspensión será de una semana. Si no está dispuesta a acatar las reglas, como todos los demás, tendré que llamar al supervisor para que se haga cargo.

Rebeca se dio la media vuelta y gritó:

–¡Haga lo que le dé la gana! Por mí puede traer al presidente, eso no hace ninguna diferencia.

Al salir, aventó la puerta con gran estruendo.

Rebeca creció en un ambiente donde los conflictos y las peleas eran cosa de todos los días, esa pequeña gresca no era nada que la pudiera asustar o amedrentar, pero para la directora era algo insólito. En cuanto salió Rebeca, se desplomó sobre su silla; estaba pálida, su respiración era irregular y hasta se quedó muda. Sintió algo que nunca había conocido:

el miedo a ser desafiada, confrontada y, lo peor, desobedecida, lo mismo le ocurría al maestro que la acompañaba, quien se había quedado helado.

La directora la cambió a un grupo de quinto año y Rebeca vio una oportunidad. Escribió en el pizarrón: Discriminación racial, pidió a los alumnos que dijeran lo que pensaban y todos se le quedaron viendo. No estaban acostumbrados a que les pidieran su opinión, lo que hasta entonces habían aprendido era a quedarse callados por largas horas, escuchando sin prestar mucha atención y muy aburridos.

Nadie se atrevía a alzar la mano ni a opinar. La mayoría esquivaba la mirada de la maestra, entonces ella tomó la iniciativa.

–Imaginen que van de paseo a Estados Unidos y que entran a un restaurante. Están cansados y con hambre, encuentran una mesa y esperan para ser atendidos. Un hombre se acerca a sus padres y les dice que no pueden estar en el restaurante; ¿por qué no podemos comer aquí?, pregunta el padre. El encargado le señala un letrero: voltean y se sorprenden todavía más por lo que hay escrito ahí.

El fondo del letrero es amarillo fosforescente y con enormes letras color rojo sangre, que dicen: No está permitida la entrada a mexicanos, negros, ni perros. El padre, con la cara enrojecida, grita:

–¡¿Qué es eso?!, ¿cómo se atreven?

Y se levanta. En eso, se acerca el guardia. Is there any problem?, dice con una actitud amenazadora. Al padre no le queda otro remedio que tragarse su coraje; el pobre está que arde, pero no puede hacer nada. Toma a sus hijos y, al salir, alcanza a decir: son of a bitch.

Si ustedes fueran los hijos de ese señor, ¿cómo se sentirían?

Las cosas están más claras en el salón de clases, luego, una niña levanta tímidamente la mano.

–A mí me daría vergüenza.

–Muy bien –la alienta Rebeca, y la niña continúa.

–No me gustaría que me hicieran eso.

–¡Excelente!, ¿alguien más?

Como todos parecen dudar, la maestra señala a un alumno y le pregunta:

–¿Tú que sentirías?

Juanito se queda pensativo y finalmente dice:

–Me daría mucho coraje y los patearía.

Todos ríen.

–Me parece una reacción justificada.

Alguien más se anima al fondo del salón y comenta:

–Ahora que vengan los gringos, les hacemos lo mismo para que vean lo que se siente.

—Muy bien —continúa Rebeca —¿cómo se llama eso que está diciendo su compañero?

Todos se quedan mudos.

—Se llama empatía —explica —y significa ponerse en el lugar del otro, de esta manera podemos tener una idea de lo que alguien más está sintiendo.

—¡Oh! —exclaman a coro. Habían aprendido algo nuevo.

—¿Qué sentirían si los discriminaran por el color de su piel? Por ejemplo, si ustedes fueran de raza negra, y por esa razón no los dejaran entrar al restaurante —cuestiona de nuevo la maestra.

Un niño levanta la voz.

—Es que los negros están bien feos, maestra.

Todos sueltan la carcajada; el ambiente se ha relajado, los niños participan y se les ve realmente interesados en el tema.

—Pongamos el caso que dice su compañero: el hecho de estar feo, ¿eso es motivo suficiente para que te discriminen?

Otra niña, ya más animada, grita:

—Entonces nadie del salón podría entrar al restaurante, solo mis amigas y yo.

El ambiente se vuelve festivo y Rebeca está encantada. Entre juego y juego había logrado organizar un debate sobre la discriminación y los niños lo captaban a la perfección: ninguno es tonto pensó, solo hay que darles la oportunidad de desarrollar su inteligencia y su juicio crítico, pues todos son capaces de ver la verdad.

Ya que estaba en eso lo aprovecharía al máximo.

—¿Si uno fuera cristiano y otro judío, ¿sería eso motivo de discriminación? —volvió a preguntar.

Un niño de en medio del salón levanta rápidamente la mano.

—¡Adelante! —lo anima la maestra.

—Solo si no creen en la Virgen de Guadalupe —responde el niño y nuevamente se armó el griterío y las risitas. Habían captado el punto.

—Me parece excelente. Veamos —prosiguió Rebeca— no hay razón para discriminar a alguien por el color de su piel, porque tenga creencias diferentes a las nuestras o por pensar de otra manera. Sí comprenden, ¿verdad?

Todos gritaron:

—¡Sí, maestra!

Uno de ellos preguntó:

—¿Aunque sean niñas?

—Sí, aunque sean niñas, eso no hace ninguna diferencia.

Todos se rieron.

—Bueno, ya saben a qué diferencias me refiero –aclaró la maestra.

La charla con sus alumnos había sido un éxito; los niños brincaban y jugaban por todo el salón y el ambiente era completamente festivo, tanto, que llamó la atención de aquellos que pasaban por ahí.

Al día siguiente, en cuanto entró a la escuela, la mandaron llamar.

—¿Otra vez, y ahora qué? –pensó con fastidio.

En cuanto entró, se dio cuenta de que esta vez la cosa iba en serio, prueba de ello es que estaban ahí el maestro, la directora, el representante sindical y una secretaria.

La directora le dirigió la palabra primero.

—Sea tan amable de tomar asiento.

Se sentó en la silla que estaba en la cabecera de la mesa, de esa forma quedaba frente a la directora; los demás se acomodaron inquietos en sus sillas y la secretaria estaba a un lado, lista para anotar todo lo que ahí se dijera. Más que una reunión en una sala de juntas, aquello parecía un sepelio. Rebeca miró a cada uno de los presentes, los cuales apenas esbozaron una leve sonrisa, que más que eso parecía un rictus de dolor.

—Les presento al representante del sindicato –dijo la directora, señalando al maestro que hacía las funciones de delegado, quién más que inquieto, parecía aburrido, ¡había pasado por situaciones como esta infinidad de veces! El maestro Felipe Rodríguez señaló la directora, él levantó la mano y Rebeca movió ligeramente la cabeza –y a nuestro compañero ya lo conoce –concluyó la directora que, por cierto, no tomó en cuenta a la secretaria, como si esta fuera parte del mobiliario.

–Maestra, estamos reunidos para saber cuál es la causa de su conducta –reveló sin más preámbulo la directora.

–¿Cuál conducta? –contestó Rebeca con calma.

–Me refiero al vergonzoso episodio que dirigió ayer en el salón de clases dijo la acusadora, lanzándole una mirada de odio.

–No tengo noticias de ningún episodio vergonzoso en el que su servidora haya participado –respondió Rebeca, orgullosa.

Sabía muy bien cómo sacar de sus casillas a la directora, era completamente transparente.

–¡No se haga la tonta! –levantó con claro enojo la voz –ahora toda la escuela está hablando del desorden que provocó en el salón de clases.

El representante prestó un poco más de atención, no porque le interesara el asunto, sino por el hecho de que la directora se enojara tan rápidamente y sin provocación alguna. Tomó nota.

–No sé de qué me habla –fingió Rebeca, estaba decidida a no dejársela tan fácil a su oponente. La directora manoteó en el aire.

—Ese escándalo que armó ayer después del recreo, por favor, ¡no finja maestra!, ¿a quién quiere engañar?

Rebeca contestó suavemente.

—¿Podría ser más específica? No la comprendo, no he realizado ningún acto escandaloso ni mucho menos he faltado el respeto a nadie, incluyendo a nuestras sagradas instituciones.

Hizo hincapié en el tono suave de su voz para dejar claro que estaba siendo sarcástica, después de todo, aquellas inflexiones y los significados implícitos no podían aparecer en el acta.

El maestro volteaba de un lado a otro sin saber qué hacer. El representante comenzaba a divertirse, sin duda, la situación podría llegar a convertirse en algo edificante, así que le dio un sorbo a la taza de café, todavía humeante. La secretaria anotaba a la velocidad de la luz y garabateaba una serie de símbolos, de esta manera, podía anotar todo lo que se decía sin caer en falta alguna y, lo más importante, sin perderse el espectáculo.

La cara de la directora se encendió como un semáforo, ¡se quería comer a Rebeca con los ojos!

—¡Por favor! -continuó, tratando de calmarse –me refiero a que rompió el orden y el decoro en el salón y a que, en lugar de dedicarse a exponer la materia que correspondía, organizó una discusión en la que participaron los alumnos, dejó del lado la enseñanza y se dedicó a alborotar a los inocentes estudiantes.

El desorden se extendió por toda la escuela, todos hablan sobre lo ocurrido y usted, ¡nadie más que usted es la responsable!

El representante se acomodó en su silla, parecía que iría para largo; el maestro se veía asustado, pero si le preguntaban cualquier cosa, estaba del lado de la directora, de eso no cabía duda.

–¡Ah! –contestó Rebeca –a eso se refiere, pensé que era algo importante –pero la directora la interrumpió antes de que prosiguiera.

–¿Le parece poco? ¡Estaba llevando a cabo actividades subversivas en el seno de nuestra sagrada institución!

–Permítame continuar, estaba hablando y de pronto me quitó usted la palabra. Por favor –se dirigió a la secretaria –que conste en acta que la directora no tuvo la educación para dejarme hablar.

Esas palabras dejaron muda a la directora, no se lo esperaba. Miró a la secretaria como diciendo, ¡ni se te vaya a ocurrir!, y ella simplemente hizo como si no la hubiera visto y continuó anotando con un ojo al gato y el otro al garabato. El representante tosió un poco para señalar que siguieran adelante.

–No realicé ninguna actividad subversiva, como mencionó de manera exagerada la señora directora –enfatizó, señalándola amablemente con una mano –que se asiente en el acta que no es más que una mera apreciación subjetiva y por demás equivocada de nuestra benemérita autoridad, aquí presente.

No cabe duda, Rebeca podía llegar a ser una verdadera mula. La reunión parecía más del ámbito diplomático, un ámbito en el que te insultan de una manera tan hermosa y elegante que, si no eres astuto, podrías salir incluso agradecido, pensando que te han adulado, cuando en realidad, has sido insultado. Nos queda claro que al representante no hay forma de engañarlo. Él está en la grilla desde hace muchos años y conoce de sobra todas esas triquiñuelas, pero la ingenua directora es toda una novata y se la está comiendo viva.

–Como estaba diciendo antes de ser interrumpida por nuestra honorable autoridad, no realicé ninguna actividad que remotamente pueda ser tomada como subversiva ni nada parecido, lo único que de alguna manera resultó mal interpretado por algunos personajes obtusos y mal intencionados, fue un ensayo de debate entre los alumnos con el objetivo didáctico de ejercitar su juicio crítico y analítico; el tema a debatir fue la discriminación racial o de cualquier otro tipo.

Esto gustó mucho a los alumnos y resultó una sana y gratificante experiencia que los sacó de la rutina. Lo que informaron a nuestra directora fue claramente mal interpretado como algo negativo, pues el balance de la actividad fue evidentemente positivo. La algarabía fue vista como una actividad subversiva por algunas personas carentes de criterio y que se dejan influenciar por informaciones erróneas.

Es cierto que los alumnos alzaron la voz y se movieron de sus lugares, pero fue por el entusiasmo generado por esta actividad en la que gustosamente participaron, así que, como podrá darse cuenta nuestro estimado representante, todo esto carece de sentido: no he faltado de manera alguna al reglamento, ni mucho menos he organizado nada que remotamente pueda ser considerado como equivocado o mal intencionado, es simple y sencillamente el uso de un recurso didáctico por demás valioso.

La directora se quedó muda, nunca esperó aquel discurso tan hábilmente preparado. Lo que inicialmente esperaba que fuera una acusación directa de desacato ante el reglamento, se había convertido en una exposición de información maliciosa y equivocada. Ante lo expuesto, ella quedaba como tonta, mojigata e incompetente y, por si fuera poco, como alguien prejuicioso que se deja llevar por rumores en vez de recabar información fidedigna.

El representante estaba fascinado con la habilidad de Rebeca para manipular aquel espectáculo. La directora había sido puesta como lazo de marrano por la astuta maestra, así que decidió apoyarla.

–Una vez escuchado lo que sucedió en realidad y, quedando claro que solo se trata de un malentendido, causado por información inexacta y prejuiciosa entregada a nuestra querida directora, no hay nada más que hacer, a menos que nuestra autoridad aquí presente diga lo contrario –dijo el representante.

La directora hizo de tripas corazón y no dijo nada más; se tragó su coraje y solo movió la cabeza negativamente.

–Fue un placer haberlas acompañado, espero que este asunto nos deje una enseñanza a todos – concluyó el representante.

Rebeca salió apresuradamente, no quería dar a la directora, la oportunidad de reaccionar. Al pasar al lado del delegado, este le dijo:

–Maestra –ella volteó, mostrando una sonrisa –tenga cuidado, en esta ocasión se salió con la suya, pero ya sacudió el avispero, si no se cuida, la próxima vez puede ser que no corra con tanta suerte; agradezca que este teatro me divirtió, pero no se confíe, no hay enemigo pequeño.

Rebeca lo escuchó con atención, pero no dijo palabra. ¡El triunfo había sido suyo! No había nada que comentar, le sonrió alegre y le tendió la mano.

–Que tenga un excelente día, muchas gracias por sus atenciones, disculpe la molestia de hacerlo venir por este incidente por demás insignificante –le dijo y se alejó, contenta.

El representante no pudo dejar de admirar la silueta que se alejaba y pensó: además de astuta, está muy buena, ya veremos si en el futuro se mete en problemas y necesita de algún que otro favorcito.

Se alejó con las imágenes que creaba su mente libidinosa y con una sonrisa que borraba cualquier atisbo de bondad que hubiera en su corazón.

CAPÍTULO IV
ENAMORADOS

Isabel tenía las ideas que le habían inculcado desde niña: que la mujer no es una propiedad; no creía en el noviazgo, en el matrimonio, ni en la postura sumisa femenina y tampoco en la dependencia de ningún tipo; más bien creía en la libertad sexual y las relaciones libres, conceptos derivados de la filosofía marxista-leninista.

A Juan no le alcanza para tanto, lo único que anhela es tener una relación que no sea casual. Lo que su corazón desea es que lo tomen en serio. Esta característica no es resultado de su integridad moral, de su profundidad emocional, ni nada por el estilo, es solamente un subproducto de su enfermedad.

Por esta razón no había tenido una relación que pudiera durar más allá de lo que canta un gallo, con excepción de la novia de la escuela secundaria, cuando la sexualidad todavía no hacía acto de presencia, sino que apenas se asomaba tímidamente por una pequeña grieta en la pared de la vida. Esa era su única experiencia profunda de enamoramiento y se había aferrado a ella como un náufrago a una pequeña balsa con tal de evitar morir en los embravecidos mares de la vida.

Después de pasar tanto tiempo sediento de aquello que los azares de la vida le habían negado, estaba feliz con la relación de Isabel. Toda su energía se concentró en ella, la lucha revolucionaria y los altos ideales pasaron a segundo término ante la poderosa atracción de algo tan concreto y profundo como lo es el enamoramiento de alguien en particular.

Cuando las actividades del partido los requería, se conformaban con mirarse uno al otro como borregos adormecidos. Su relación no era un secreto, a nadie le importaba, era algo de lo más común entre los miembros del partido. Con los aires que se daban, tanto los hombres como las mujeres se relacionaban libremente sin consideración alguna hacia la decencia y las buenas costumbres.

No es el caso de nuestros personajes, ellos tienen una relación profunda. Se entregan el uno al otro, Isabel con la frescura de la juventud y Juan José con el anhelo total de su corazón.

Cuando no están en las actividades de organizar la revolución, lo pasan juntos. Todo el tiempo ríen, juegan, viven tomados de la mano beso a beso, caricia tras caricia de todo tipo: casuales, juguetonas, intensas, hay de todo en la viña del Señor. No faltan las visitas regulares a los mejores hoteles, tanto, que Juan considera ya tener un lugar propio.

Sus padres quedaron fascinados con la belleza, intensidad, y frescura de la muchachita, lo único que no le gustó a su padre fue que anduviera en las mismas andanzas que su hijo, pero ¿qué quería? ¡No había de otra!, si no, ¿de dónde? La mamá estaba muy contenta, lo que más le gustaba era que veía en ella un amor auténtico hacia su hijo, a quien nunca había visto tan pleno y rebosante de vida; si hacía feliz a su hijo, si era la encarnación de la plenitud de su cachorro, entonces aquella joven era más que bienvenida.

Juan se había convertido en un miembro más de la familia de Isabel e iba y venía como si fuera su casa. La madre de ella era muy relajada en estos asuntos, consideraba que era un tema exclusivamente de su hija y la apoyaba incondicionalmente. Lo que le importaba, más allá de las fachadas ideológicas y sociales, era lo que veía en él: que siempre la protegía y cuidaba de ella, no le cabía duda, estaba segura de que, si fuera necesario, él daría la vida por ella, así que estaba encantada con el compañero de su hija.

Por la misma naturaleza de las cosas, ese Juan que conocíamos, crítico y rebelde, se había sosegado. ¡Claro!, ahora veía la vida a través de la lente del amor; aquello por el momento no tenía cabida en su mente, porque su corazón había tomado ya las riendas de su vida.

Una hermosa tarde de verano, estaban platicando tomados de las manos, él le comentó sus planes de adquirir un departamento y dejar de lado las visitas a los hoteles.

–¿Qué te parece? –le preguntó, mirándola fijamente. Hacían esto muy a menudo: se miraban a los ojos y se transmitían a través de ellos lo que su corazón sentía, algo que las palabras nunca podrían expresar. La necesidad incesante de hablar había ido decreciendo en la misma medida que su amor crecía.

–¿No estarás pensando en que nos casemos y esas cosas?, ¿verdad? –comentó ella, jugando.

–¡Claro que no! –replicó él –ya sabes que no estoy a favor de esa obsoleta y caduca institución, lo que quiero es un lugar donde podamos estar completamente a gusto y con nuestro toque personal, porque estoy cansado de esos hoteles de lujo, que me dejan la impresión de que estoy haciendo algo ilegal o inmoral.

—Me gusta la idea —le sonrió pícaramente Isabel — ¿has pensado en alguna zona en particular? No vayas a salir con que, en Bosques del Pedregal, pegado a las faldas de tu mamá.

Juan se quedó reflexionando por un instante —¿por qué no damos algunas vueltas por la colonia y vemos si hay algo que nos guste?

Isabel lo miró con esos ojos de amor, comunicándole algo que solo podía ser comprendido por ellos. Ella recordó aquella canción que le gustaba tanto: "Le faltan horas al día para seguirnos queriendo...". Su cara se iluminó, hay cosas tan enormes que nos rebasan.

Se decidieron por una pequeña casa muy cálida y en excelentes condiciones. La zona era tranquila y segura, ubicada en un fraccionamiento cerrado; todo el conjunto se veía acogedor, la combinación era exquisita; la renta era cara, pero la casa lo valía.

La arreglaron a su gusto, iban a Liverpool o Sears, así como a los tianguis y las casas de artesanías. Las cosas funcionales, tales como la lavadora y el refrigerador, eran de la mejor calidad, y las más íntimas las mandaban hacer a su gusto. Ordenaron una cama de madera de sándalo, el vestidor era de caoba y grandes áreas de la casa estaban vestidas con maderas de distintos tipos.

Finalmente, estaban los pequeños detalles: las lámparas de tela, los manteles, los cubreasientos y la vajilla. Igual te encontrabas con una lámpara de buró comprada en La Lagunilla, que con un cuadro pintado por uno de sus mejores amigos. Todo daba a la casa un toque personal, era algo digno de verse. ¡No cabe duda!, uno realiza externamente lo que trae por dentro, en este caso es por demás evidente.

Isabel sigue viviendo con su madre y sus hermanos, pero no son pocos los días en que se queda con Juan. Ahí pasan sus momentos más intensos, en la intimidad que requiere su amor. La casa se había convertido en su refugio, un lugar donde se sentían completamente tranquilos, seguros y confiados. ¡Cuando el amor está presente, todo lo transforma!

Así vivían sus días, por demás intensos, Juan José Guardiola e Isabel Dosamantes. Bien se podría decir, a pesar de no ser estrictamente cierto, que para ambos cada uno representaba su primer amor, al que te entregas ciegamente y por completo; así era lo que tenían, inmenso y total: ¡vivían enamorados!

CAPÍTULO V
SIGUE LA MATA DANDO

Rebeca la volvió a armar, pero en esta ocasión no se pudo salir con la suya, pues el secretario no estaba de humor y se tomaron las medidas pertinentes. No podían simplemente despedirla, eso era contrario a la médula del sindicato; lo que hacía Rebeca estaba fuera de toda consideración, era impensable, así que, con el fin de vigilarla, decidieron enviarla a otro plantel.

Ella aprovechó las juntas para cuestionar diversos temas sobre la educación, como la competencia, el éxito en la vida y otros puntos y uno de los maestros, medio en broma, comentó.

–Está loca, nada de lo que plantea es viable –con el paso del tiempo, a partir de ese comentario (dicho sin malicia y como una forma cualquiera de decir las cosas sin ánimo de insultar a la maestra), la expresión fue escalando hasta convertirse finalmente en "la loca".

El adjetivo anterior de "La santa" le quedaba chico; era apropiado para una jovencita de doce o trece años y no había nada malo en ello porque le había sentado como anillo al dedo, pero ahora, llamar así a una mujer hecha y derecha y con una serie de cuestionamientos sobre el sistema educativo, quedaba ya totalmente fuera de lugar, como aquellos vestidos que usaba de niña y que ya no le quedaron al crecer. Así, el mote de "santa" ya no le ajustaba; de aquí en adelante, sus compañeros la reconocerían como "la loca", apelativo que finalmente se afianzó cuando se enteraron, vía chisme la mayoría y otros pocos de manera presencial, de las crisis de ansiedad que ocasionalmente sufría. Fue la estocada final que cristalizó su apodo.

Lo que no sabían es que la fuente de estas ideas venía de sus visitas al más allá. Lo diremos de esta forma porque hay que llamarlo de alguna, si no, toda posibilidad de comunicar algo sobre ello sería prácticamente imposible. Cada vez que visitaba el Más Allá regresaba con unas cuantas partes de la realidad, era como si en su mente estuviera armando un enorme rompecabezas y cada vez que regresaba de aquel extraño e indefinible lugar, lo hacía con unas pocas piezas. Después, su mente se encargaba de encontrar su lugar en el esquema general.

Rebeca no se daba cuenta que detrás de esa aparente apertura y esa pretendida amplitud de criterio se encontraba escondida una estrategia muy clara. Lo que estaba haciendo, de una manera muy hábil el director Rubén Castellanos, era dejar que todas las inconformidades, los desacuerdos y las ideas de cambio que tenía esa loca se expresaran, así ganaba dos cosas: saber exactamente con quién estaba tratando y hasta dónde le daba la mente a aquella peculiar maestra; estaba conociendo de una manera muy efectiva al enemigo para poder evaluarlo adecuadamente.

Por otro lado, dejaba que sacara su energía y la empleara en debates inofensivos, después de todo, se encontraba en un ambiente controlado; era como dejar ladrar al perro hasta que se le acabara la energía y ya no fuera una amenaza. Bien lo dice el dicho: perro que ladra no muerde, así que él permitía que ladrara el perro hasta que ya no tuviera fuerza para nada más. Rebeca se había topado con alguien más astuto que ella bajo la apariencia bonachona de un buen hombre.

Pasaron los meses en esa lucha estéril. Salían muy contentos y con la clara ilusión de estar cambiando el mundo, aunque en realidad solo estaban siendo manipulados para que permanecieran como mansas ovejas. Rebeca vivía en un espejismo, creyendo que estaba en un campo verde y frondoso, cuando lo cierto era que se encontraba en un desierto inerte. Le estaban dando atole con el dedo, después de todo, hablar es gratis, nunca nadie ha cambiado nada de esa manera.

Ni Juan José Guardiola ni Isabel Dosamantes habían conocido felicidad tan profunda, y esta dicha no solo era a nivel personal, sino que abarcaba todas sus actividades. Juan ya no se la pasaba inconformándose con los dirigentes ni ella discutiendo por asuntos en los que se mostraba en desacuerdo; lo que había nacido y crecía en sus corazones no dejaba lugar para nada destructivo y era tan inmenso que los rebasaba: una luz se extendía a su alrededor y emanaba alegría a las personas en contacto con ellos, parecían llenarse de aquella exquisita miel. Se sentían optimistas a su lado, era como el perfume de una exquisita flor que se extiende a todo su alrededor sin condición alguna.

Entre Isabel y Juan presentaron una propuesta: la creación de una escuela primaria en una zona muy pobre de la ciudad. Después de analizarlo y discutirlo, se decidió darle cabida al proyecto. Lo que finalmente decidió a su favor, fue que el partido requería una imagen en diferentes áreas, no solamente en el ámbito político, de esta manera ayudarían de una forma práctica, demostrando así que no solo se dedicaban a la conquista del poder, sino también a realizar acciones muy concretas para ayudar a la clase menos favorecida; además, podrían propagar su visión de las cosas ya que en las clases cotidianas existía la posibilidad de adoctrinar a los inocentes niños en la filosofía Marxista-Leninista

El partido proporcionó los fondos para levantar la construcción, pero no iban a dedicar demasiado dinero en ello, ya que pensaban que dicho proyecto debía incluir una participación conjunta, de otra manera, los habitantes de la colonia nunca podrían aceptarla como propia.

Tanto Juan como Isabel se involucraron en todo lo relacionado con aquella escuela primaria. Los colonos donaron un terreno y el partido asumiría la responsabilidad del proyecto.

Una vez definido el lugar, Juan e Isabel invitaron a comer a un arquitecto, miembro del partido: Francisco, recién egresado de la facultad de arquitectura de la UNAM. Los hermanos y la madre de Isabel participaron activamente con sus comentarios e ideas, Isabel dijo:

–Debe construirse un patio muy grande para que los niños jueguen libremente, también necesitan baños.

Juan comentó, entusiasmado:

–Que haya salones para todos, al menos uno por grado y con posibilidades de crecer en el futuro.

Comieron con gusto, estaban emocionados. Francisco anotó las ideas y se retiró con la promesa de volver con un anteproyecto bosquejado.

Las reuniones eran constantes, pues había mucho que acordar y evaluar. Finalmente, después de dos meses de arduo trabajo, ya tenían una clara imagen del proyecto. Acordaron una junta con los habitantes de la colonia y estos dieron sus puntos de vista; estaban encantados, aquel proyecto excedía por mucho sus expectativas.

Después de miles de cosas por solucionar, aquello que solamente era una idea, se había convertido en realidad. Eran jóvenes y fuertes, dispuestos a enfrentar cualquier cosa y, lo más valioso: era un subproducto de su amor, expresado en algo muy tangible. Primera prueba de que el sentimiento que tienen el uno por el otro es real. Si solo se hubiera mantenido dentro de las fronteras de su relación personal, hubiéramos albergado serias dudas sobre su autenticidad, pero ahora, aquella obra hablaba por sí misma.

Francisco estaba orgulloso, era apenas su segundo proyecto y verlo convertirse en realidad le daba confianza en lo que había aprendido; por su parte, Isabel y Juan José no podían estar más contentos. Presentaron los resultados y todos quedaron satisfechos.

La escuela se inauguró con toda la pompa, llegaron reporteros de varios periódicos, la revista del partido documentó los detalles y la colonia estaba felizmente reunida. Hubo comida y bebida para todos, el partido aprovecharía al máximo aquella publicidad: cacareando el huevo y quien lo puso por todo lo alto.

Después de dos años, la escuela funcionaba a jalones y estirones, como todo lo que se deja en manos de todos y de nadie; solo había prosperado por la diligencia y atención que le dedicaban los enamorados, de otra forma, aquello se hubiera convertido en un monumento al despilfarro y a la estupidez de los políticos sin importar de qué partido fueran.

Isabel se dirigía a una reunión para delegar algunas responsabilidades. Había estado unos días en casa de su madre y tomó el microbús en la calzada de Guadalupe. Se sentó en la primera fila, no iba tan lleno como de costumbre, de manera que se relajó. El trayecto no duraba mucho y siempre lo aprovechaba para reflexionar en los pendientes.

Se encontraría con Juan en las instalaciones del partido al término de una semana sin su compañía, que sintió como si hubiera sido una sequía. Se acomodaba el cabello, se rascaba ocasionalmente la cara y se reacomodaba en el asiento; estaba emocionada por el encuentro y algo ansiosa también sin saber exactamente por qué. Se puso tensa al darse cuenta de que el microbús estaba jugando carreras con otro microbús, aceleraban y frenaban bruscamente para ganar el pasaje. Esto no era raro entre aquellos patanes, que no respetaban a nadie. Iban a toda velocidad, uno al lado del otro, ocupando ambos carriles, cuando de pronto, por el lado del camellón central, un niño se asomó como queriendo bajar a la calle porque se había zafado de la mano de su madre y corría divertido, sin tener conciencia del peligro inminente; la madre, con el rostro desencajado, corría y gritaba detrás de él, pero el niño lo interpretaba como un juego y aceleraba el paso. Llena de adrenalina, por fin logró pescarlo del cuello de la camisa, justo cuando bajaba a la calle.

El camión que iba pegado al camellón dio un tirón al volante para tratar de esquivarlo, golpeando al otro microbús, que perdió el control y salió disparado. No hubo tiempo de nada, se estrelló a gran velocidad contra un poste y quedó destrozado. Isabel voló por los aires, rompió el parabrisas y se estrelló contra el poste. Su cuerpo quedó tendido en la banqueta con la cara y la cabeza ensangrentadas.

Muchos resultaron heridos, pero Isabel estaba inerte en el piso. Las personas gritaban enloquecidas y otros intentaban ayudar a los heridos; luego llegó la ambulancia y de inmediato trasladaron el cuerpo aparentemente sin vida de Isabel.

Juan, sin saber por qué, sintió un repentino vuelco en el pecho y le dieron ganas de llorar. El miedo y un frío que desconocía inundaron su interior, luego se alteró su respiración y de inmediato salió en busca de Isabel. Le hizo una seña a su cuidador y le gritó:

—Un auto, ¡de inmediato!

El hombre levantó la mano y, en menos de lo que se dice, un auto blindado y de color negro estaba frente a él, listo para cualquier cosa.

–¿Hacia dónde señor? – preguntó nerviosamente el chofer.

–A la casa, por la Calzada de Guadalupe.

El auto salió a toda velocidad, los guardaespaldas nunca habían visto a su protegido en un estado tal, así que, sin necesidad de más instrucciones, se encaminaron rumbo a su casa. Juan miraba nervioso, buscando alguna señal que le indicara dónde podía estar Isabel y a mitad del camino detectó en el carril contrario un embotellamiento y una multitud.

–¡Detente ahí! –gritó. El auto se orilló y Juan salió abruptamente. Casi se cae al salir, los dos ocupantes lo siguieron, corriendo. Cruzó la calle sin mirar y le mentaron la madre por su imprudencia, pero no escuchaba nada. Llegó al lugar y preguntó:

–¿Qué sucedió? –las personas solamente movieron la cabeza en señal de desaprobación.

–Venían jugando carreras... ya sabe.

Buscó desesperado a Isabel entre los heridos y no la pudo encontrar; su corazón le decía que iba en ese camión. No pregunten cómo ni por qué, simplemente lo sabía: tenía una certeza absoluta. Es la segunda prueba de que el amor que se tienen es real, pues de alguna manera misteriosa podía sentirla sin necesidad de que su mente recorriera el largo camino de recabar información, hacer comparaciones, inferir diversas situaciones y, finalmente sacar conclusiones. Tenían una comunicación que iba más allá de la mente, tal vez lo mejor sea llamarla comunión o, por decirlo de otra manera, su amor era tan profundo, que se volvían un solo corazón.

Sudaba frío y estaba a punto de entrar en una crisis, de modo que se obligó a componerse, necesitaba estar alerta. Al no encontrarla por ningún lado, corrió hacia una ambulancia que estaba a punto de partir.

–¿A dónde los llevan? –preguntó, casi gritando.

–A la Cruz Roja –contestaron los paramédicos.

Corrió nuevamente a donde se encontraba su auto y apuró con un gesto a los guardaespaldas.

–Al Hospital Rubén Leñero, ¿sabe dónde se encuentra? –dijo, visiblemente alterado.

–Sí señor –contestó nervioso el conductor.

–Vamos para allá, lo más rápido posible –añadió, señalando la avenida.

Llegó agitado a la recepción y preguntó atropelladamente por las personas del accidente del microbús en la Calzada de Guadalupe, la recepcionista lo miró y le dijo.

–¡Cálmese por favor!, le va a dar un infarto, no sé de qué me está hablando.

El guardaespaldas, al ver a Juan tan alterado, se dio a la tarea de explicar a la enfermera de recepción de manera comprensible lo que había sucedido. Juan se movía ansioso de un lado para otro, mirando nerviosamente a todas partes y agitando las manos. La recepcionista, una vez que comprendió de qué se trataba, dijo:

–Vamos a ver, ¿cómo se llama la persona? –sin poder contenerse, Juan gritó:

–Isabel Dosamantes. Debe haber ingresado hace poco tiempo, seguramente la tienen aquí.

La mujer le pidió un momento. Estaba nerviosa por el comportamiento de Juan, pero buscó rápidamente en los registros.

–Efectivamente señor, está en terapia intensiva, los médicos están tratando de estabilizar sus signos vitales, pues al parecer tiene lesiones graves.

Juan no pudo contenerse más y comenzó a gritar.

–¡¡Necesito verla!! ¡¡Necesito verla!!

Quiso entrar en las instalaciones, pero un guardia se lo impidió, el guardaespaldas le puso cara de pocos amigos y le dijo con una mirada amenazante:

–Yo me encargo.

Juan se había descompuesto, sus nervios estallaron y comenzó a temblar descontroladamente, sin embargo, en medio de la desesperación, le dijo a su acompañante:

–¡Tengo que verla, suplicó!

Él lo sujetó.

–Un momento señor, veré qué puedo hacer.

No le permitieron entrar en la sala de terapia intensiva.

–¿Qué se podría hacer? –le dijo este a la enfermera del mostrador –no se sienta amenazada, verá usted, la paciente es la prometida del señor y está loco por ella, por favor, compréndalo.

–Claro que sí –dijo ella nerviosa y reflexionó un momento –nadie puede entrar, pero puedo pedirle al doctor que la recibió que hable con ustedes, de esa manera tendrán información de primera mano.

–Me parece estupendo –respondió él y le brindó una de sus mejores sonrisas. Su rostro se transformó por completo y, al hacerlo, pasó de parecer un matón a ser alguien encantador. Ella se impactó por el cambio y se dejó llevar por el hechizo de aquel extraño personaje.

Juan comenzaba a calmarse y entonces, su acompañante le dijo, mirándolo a los ojos.

–Señor, nadie puede ingresar, es una sala estéril. En un momento llegará el doctor que la atendió y le dará toda la información que necesita.

Juan. más recompuesto solo asintió con la cabeza.

A los pocos minutos llegó un médico con su bata blanca manchada de sangre; se veía a leguas que trataba emergencias y con una gran calma se dirigió a Juan y le preguntó:

–¿Es usted pariente de la señorita Isabel Dosamantes?

Juan dijo que sí en un tono de súplica.

–¿Cómo está ella? ¡Por favor, dígame que vivirá!

El doctor lo tomó amablemente del brazo y lo ayudó a sentase en una dura silla de plástico; movió la suya hasta quedar frente a él y preguntó calmadamente:

–¿Cuál es su nombre?

Atropelló las palabras antes de atinar a decir:

–Me llamo Juan.

–Mire Juan, la señorita tiene una grave lesión en el cuello y serias heridas en la cara y la cabeza –con el tiempo había constatado que lo mejor en estos casos era no guardarse nada de información sobre el estado real de los pacientes, de esa manera evitaba problemas y los parientes asimilaban más rápidamente los hechos. –Isabel se encuentra en un estado crítico y estamos haciendo lo imposible para estabilizar sus signos vitales –continuó –pero no sabemos si pueda sobrevivir.

–¿Qué hay que hacer? –Preguntó Juan José casi llorando.

Tenga la seguridad de que haremos lo que esté en nuestras manos para que siga con vida, de momento, lo único que usted puede hacer es esperar y rezar, si es usted creyente.

Juan se quedó mudo. El accidente había sido en verdad muy grave, las palabras del doctor y su semblante así lo indicaban. Juan balbuceó:

—¿Puedo verla?

—De momento no, pero en cuanto sea posible será usted informado de inmediato, le doy mi palabra.

El doctor se levantó, puso una de sus manos en el hombro de Juan y añadió:

—Siempre hay esperanzas, manténgase positivo. Y se alejó a continuar con su trabajo.

Ya los cuidadores habían informado a sus padres: Su madre se lanzó a abrazarlo y Juan se soltó llorando como un niño; si no sacaba algo de lo que estaba padeciendo, colapsaría irremediablemente y no podía permitirse no estar al pendiente de quien ya se había convertido en el amor de su vida; ahora ella lo necesitaba más que nunca, así que, ante la alternativa de perder la consciencia y la de llorar desconsoladamente, escogió lo segundo.

Su madre lo acompañó y el lugar se volvió un mar de lágrimas, todas ellas muy sentidas, incluso su padre derramó unas cuantas y los guaruras apretaron su vientre para evitar unirse a la lamentable escena.

Esa noche, Juan no se despegó de la Cruz Roja, no podía estar en otro lado. Sabía que no podía hacer nada, aun así, decidió quedarse, a veces caminando de un lado para otro y otras sentado en las duras e impersonales sillas de plástico, mirando una y otra vez un reloj en la pared que daba testimonio del paso del tiempo, ajeno a los dramas y sufrimientos de los que iban y venían por la sala.

Cuando amaneció, el doctor se encaminó hacia Juan con la figura cansada, lo miró con compasión y le comentó.

–Al menos Isabel pasó la noche y eso es una gran ganancia. Voy a hacer una excepción con usted y lo voy a acompañar a que la vea, pero solo podrán ser unos minutos.

Cuando llegó a la sala de terapia intensiva, los ojos de Juan se llenaron de lágrimas. Ahí estaba Isabel, tendida en una cama fría. Unos soportes laterales sujetaban su cabeza; llevaba un collarín, tenía un tubo que ingresaba por su boca y una máquina hacía un sonido sordo y rítmico, obligando a los pulmones al intercambio de gases. Su rostro estaba completamente hinchado, irreconocible.

Juan apenas podía creer lo que veía. Superado el impacto inicial, se acercó a ella y tomó suavemente su mano; sintió la tibieza de su cuerpo, pero notó que algo no estaba bien. No fue que no sintiera su pulso, se trataba de una sensación extraña, como si ella no estuviera ahí dentro. No supo cómo interpretar eso o más bien se negaba a aceptar lo que sentía, porque en el fondo sabía lo que aquello podía significar: ¡que no sobreviviría! No estaba preparado para aceptarlo, así que su mente racional intervino y lo arrancó de esa certeza.

Le habló suavemente con el corazón en la mano.

—Estoy contigo Amor, todo saldrá bien, no dejes de luchar, es todo lo que te pido.

Sintió que el alma se le iba del cuerpo: no podía soportarlo. El doctor lo tomó del brazo.

—Vamos, tenemos que salir, hay que dejar que el cuerpo haga lo suyo.

Juan salió con la cara pálida y la mirada perdida. Su madre se apresuró a abrazarlo y lo soportó para que no cayera.

En este momento es cuando a Juan le da la cabeza para pensar un poco y se dirige rápidamente a un teléfono para avisar a la madre de Isabel y a sus hermanos. La madre traía los ojos hinchados de tanto llorar y los hermanos se veían muy preocupados. Juan abraza a la señora, quien tenía una cara que hablaba por sí misma. Les explicó todo detalladamente y les habló de la situación actual de Isabel, después dijo que iría a cambiarse de ropa y regresaría más tarde.

Mientras Juan dormía, ajeno al mundo real, (después de haber tomado un poderoso somnífero) su padre se movilizaba para que Isabel tuviera la mejor atención, de manera que dio órdenes a diestra y siniestra y muy pronto estuvieron listos para enviarla al mejor hospital. Antes de cualquier movimiento, el neurólogo de dicho hospital se puso de inmediato en contacto con los médicos de la Cruz Roja. Evaluaron la situación y convinieron en que lo mejor sería trasladarla hasta el día siguiente, ya que, de hacerlo antes, la paciente correría el enorme riesgo de morir en el trayecto.

Ya en el otro hospital, Juan preguntó por Isabel y, de inmediato, la impecable y eficiente señorita localizó el registro.

–Se encuentra en terapia intensiva, en estos momentos el neurocirujano la atiende, pero en cuanto termine, le pediré que hable con usted.

Una hora después, la recepcionista le hizo una seña y Juan se apresuró. En ese momento se abrió el elevador y salió el doctor.

En cuanto se acercó Juan José, le dijo.

–Soy el doctor Ignacio Jiménez.

Y le extendió su mano serenamente.

–Juan José Guardiola a sus órdenes –respondió él.

–Usted es el prometido de Isabel, ¿verdad?

Juan se apresuró a contestar de forma aprensiva:

–Así es.

–Mire Juan, ya revisé los análisis, mandé realizar toda una batería completa y lo que veo es que la señorita está en un estado muy crítico. Sufrió una severa fractura de cráneo y el cerebro está muy hinchado, así que en este momento se encuentra en estado de coma. Para poder operar y liberar el cerebro, tenemos que esperar hasta que disminuya el enema cerebral y ya le administramos los medicamentos necesarios para dicho fin; mientras eso sucede, puedo hacer una abertura para liberar la hemorragia que está presionando fuertemente el cerebro, pero necesito la autorización de los padres para realizar los procedimientos.

Se acercó la madre de Isabel y se presentó rápidamente. El doctor le resumió lo que acababa de decir e hizo una seña a la asistente para que trajera los papeles. Ella miró acongojada a Juan, este solo asintió con la cabeza. Había que hacer cualquier cosa para intentar salvarla. Por fin, la madre firmó rápidamente los documentos.

–Excelente –comentó Ignacio, miró compasivamente a ambos y les dijo, dueño de una gran calma.

–Haremos lo imposible para tratar de salvar a Isabel, pero como siempre en estos casos, el resultado suele estar más allá de nuestras manos, así que. si lo desean, hay una capilla por si se quieren encomendar a Dios. ¿Hay alguna cosa que deseen preguntar o necesiten saber?

–No –dijo la madre de Isabel con el corazón en la garganta.

–¿Algo más en lo que pueda servirlos?

–¡Por favor, doctor! –suplicó la madre –¡¡Salve a mi hija!!

Regresaron al restaurante e informaron a los demás. Cuando la madre de Juan José, Eugenia Villalpando escuchó sobre la existencia de la capilla, se le iluminó el rostro: iría a pedirle a Dios por la salud de Isabel.

Al mismo Dios que escapó de una manera por demás espectacular a la sentencia de muerte de Nietzsche y a las declaraciones de Karl Marx. Nos podemos imaginar claramente a Dios en una celda oscura y húmeda, esperando el momento en que lo trasladen a la camilla para administrarle la inyección letal y en la sala con una vitrina toda una serie de personajes que darán testimonio de lo así ocurrido, pero de alguna manera por demás misteriosa Dios logró escapar a la sentencia de muerte apenas por un pelo.

No sabemos si lo hizo a través de un túnel porque tenía nexos importantes con el narcotráfico, o si hubo tráfico de influencias en los más altos niveles, o si les llenaron los bolsillos de dinero a los guardias y las autoridades del penal, o quizás cosa nunca antes vista él mismo decidió hacer un milagro para sí y desaparecer como por arte de magia, la verdad sea dicha, no lo sabemos, pero sí sabemos que escapó, si no, ¿a quién podría rezar Eugenia Villalpando?

Sin embargo, está muy claro que no resultó ileso de la sentencia de muerte de aquel par de endemoniados, cuando se le volvió a ver ya no era el mismo, había dejado de ser ese dictador autoritario y vengativo, todopoderoso y completamente celoso. Sus poderes habían mermado de manera significativa, ahora se presentó como un Dios amoroso y compasivo, justo la cara opuesta de la moneda, perdió algunos de sus poderes más significativos, había dejado de ser omnisciente, todopoderoso, infalible, incuestionable.

A pesar de ello, había conseguido conservar el poder de ver todo lo que ocurre en todo momento y en todo lugar, tanto es así que tenemos noticias de una monja tan devota que se bañaba con el hábito puesto, cuando le preguntaron por qué lo hacía dijo que ya que Dios lo ve todo en todo momento y lugar, ella no se podía dar el lujo de presentarse ante él así, desnuda, sería una grave falta al decoro celestial, si bien ella se consideraba la novia de Dios, una cosa era el noviazgo y otra muy diferente el matrimonio, así que tenía que guardar el recato correspondiente.

Lo que no sabía nuestra monja es que cuando uno se presenta ante Dios tienes que ir completamente desnudo y no solo del cuerpo, sino también de la mente, del corazón y del alma, no había ninguna otra opción para poder encontrarse con Dios.

Como sea, disminuido y todo seguía vivito y coleando, para mala suerte de muchos había conservado ese poder tan nefasto, aquella mala costumbre de estar mirando en la vida de todos, no se le había quitado esa maña.

A Eugenia Villalpando no la acompañaría la madre de Isabel, que, como es de suponer, debido a su ideología, no se podía refugiar de esa manera; tendría que tragársela sola, sin ningún otro recurso que la esperanza y la ilusión de que su hija pudiera salir adelante del terrible accidente.

Eugenia Villalpando tiene una fe inquebrantable, así que se hinca, cierra sus ojos y se abandona ante Dios. Ora, pide y suplica para que salve a Isabel; a cambio está dispuesta a ir a la basílica de Guadalupe en peregrinación a las de a pie y descalza como una muestra de agradecimiento. Le ofrece esto a la madre de Dios, pues ella sabe lo que es perder a un hijo. Ya veremos si le concede el milagro y logra salvar la vida de Isabel

Rebeca acaba de entrar a la escuela preparatoria. La blancura de su piel hace que la confundan con una mujer gringa o europea, incluso a algunas personas les provocaba acariciar su rostro para comprobar la tersura de su cutis sin imperfecciones. Su piel parecía la de una niña, pero sus caderas no dejaban dudas sobre su capacidad de tener hijos.

Su talle y sus grandes y expresivos ojos sugerían la silueta de una elegante gacela, y todo ello coronado por una melena dorada y enmarcado por un rostro redondo y aniñado que servía de marco a una sonrisa espectacular.

Lleva el uniforme de la escuela: una blusa blanca ajustada con cuello en "v" y abrochada de manera estratégica para resaltar sus generosos atributos. La falda, con tablones de color rojo y negro, le cubre hasta la mitad de los muslos y le hace mostrar, debajo de ella, un respingado trasero. Las zapatillas son negras y lleva unas calcetas blancas que completan el atuendo escolar.

Da la impresión de juventud, belleza y sensualidad y, si uno añade a todo esto su carácter alegre, su ligereza y la falta de preocupaciones propia de la juventud, resulta por demás atractiva y seductora.

Presentó su credencial y, con una sonrisa en el rostro, se dirigió a su salón. Estaba lleno, sintió las miradas y la incomodidad de ser tan repentinamente el centro de atención. Corrió a sentarse lo más rápido que pudo.

El plantel era una construcción antigua y desgastada por el paso de los años y el uso continuo. Tenía largos pasillos, unas pequeñas ventanas en la parte superior que apenas dejaban entrar un rayo de luz, como si al final del mes les fueran a cobrar la factura por el consumo de sol.

El salón contaba con varias filas de pupitres individuales; al menos ya no eran aquellas mesas para dos estudiantes, como en la secundaria.

Entró la maestra asignada y su pulcritud no deja lugar a interpretaciones. Su cabello, cuyo flequillo parecía haber sido cortado con una regla, brilla intensamente; luego, su figura delgada no disimula sus bien proporcionados atributos y su mirada intensa te deja la impresión de ser alguien dueña de una gran determinación. Su rostro muestra una rara combinación entre fuerza y feminidad, pero, además, Nancy Durán es consciente de su arreglo personal y no deja nada al azar: su aspecto grita formalidad y delicadeza a la vez.

—Buenos días —dice la maestra, levantando la mano para saludar, al tiempo que los alumnos corren a sus asientos para contestar el saludo mientras se acomodan.

—Soy su profesora y espero que tengamos una relación cordial y que su estancia sea provechosa —dijo con voz clara y firme y luego se detuvo un momento para observarlos directamente de uno en uno.

Ellos no saben qué hacer; algunos bajan la cabeza, otros le sostienen la mirada, como aceptando el reto, y otros más la miran durante un momento y luego voltean hacia otro lado.

Ella quiere dejar claro, con este gesto, quién es la autoridad y que a nadie se le ocurra pensar lo contrario. Cuando llega el turno de Rebeca, la maestra clava también en ella sus ojos y la alumna, a su vez, le devuelve la mirada; sin embargo, esto no parece un reto, sino más bien un reconocimiento mutuo. Rebeca le sonríe y la maestra le corresponde. Nancy dice para sí misma:

—Me cae bien la chica.

Rebeca la mira de otra manera.

—Me gusta la maestra.

Y detecta un cosquilleo entre sus piernas y un ligero calorcito que la hace sonrojarse sin darse cuenta.

Sus gestos son captados por la maestra; el movimiento de sus piernas, la expresión de su cara y ese ligero rubor en sus mejillas. Rebeca también registra lo que pasa en el cuerpo de Nancy: la pequeña inclinación, los imperceptibles segundos de más que le dedica y su leve sonrisa. La alumna se siente alegre y satisfecha.

Rebeca se queda al final y se acerca a la profesora, le sonríe abiertamente y le extiende la mano.

–Rebeca Bocanegra –le dice, extendiendo su mano hacia ella –es un gusto conocerla, nos llevaremos muy bien, ¡se lo aseguro!

–Parece que así será, también es un placer, estoy a tus órdenes, no dudes en contactarme y preguntar lo que quieras.

Rebeca mantiene el contacto más de lo necesario y, al soltarla, una sutil caricia se desliza por la piel morena de Nancy.

De a poco, Rebeca se va acostumbrando a la preparatoria. Se relaciona con sus compañeros, juega, estudia, rechaza proposiciones de sexo por parte de los jóvenes conquistadores y cuando bebe se siente fatal, tanto así, que prefiere enfrentar la vergüenza de que piensen que es una fresa y una apretada a pasar por las terribles crudas.

Se lleva maravillosamente bien con la maestra, en ocasiones va a su cubículo y ella la recibe con mucho gusto, es una de sus alumnas favoritas.

Con el tiempo se han vuelto cercanas y charlan de asuntos ajenos al ambiente escolar. Nancy sabe que vive con su tía y Rebeca le ha confiado sobre los ataques de ansiedad.

En una ocasión, le sucedió cuando todos abandonaban el salón, corrió a atenderla y quedó muy sorprendida al ver que la joven que había entrado en crisis no era la misma que salía. El cambio era asombroso y su semblante estaba completamente relajado; nunca había visto una expresión como esa. Sus movimientos no eran los de siempre, su cuerpo se movía de una manera muy peculiar, como si flotara y todo fluía de una manera extraordinaria.

A pesar de que Rebeca ya le había platicado acerca de estas crisis, una cosa era la teoría y otra muy diferente la realidad. No había manera de que la maestra se pudiera imaginar lo que su alumna le había descrito, pues pertenecía a un mundo ajeno a sus experiencias. El efecto resultaba impactante.

Rebeca posó su mirada sobre los ojos de la maestra y esta se estremeció. Sintió como si fuera arrastrada a un pozo profundo. Todas sus defensas y protecciones fueron súbitamente derribadas; se sintió vulnerada y penetrada hasta lo más hondo de su ser por aquellos ojos sin malicia, pero con un poder que no se podía describir: el poder de ver la realidad profunda, oculta bajo las apariencias.

Nancy no apartó la mirada, sino que dejó que ella la descubriera y la desnudara por completo. Después de unos instantes, no pudo más; su respiración se alteró y la situación se volvió insoportable, aquello la rebasaba por completo, tanto que incluso pensó se iba a desmayar, pues se tambaleaba y ahora le tocó a Rebeca el turno de apoyarla.

Después de tranquilizarse, Nancy le ofreció llevarla a su casa e intercambiaron opiniones sobre lo sucedido, pero la maestra se cuidaba de no mirarla directamente a los ojos, en cambio, tomó suavemente la mano de Rebeca entre la suya y, a partir de ese momento algo cambió en su interior; sentía que de alguna manera esa joven había dejado de ser una alumna más y, sin saber cómo o por qué, de una forma inexplicable, la sentía muy cercana.

Rebeca ajustó su mano a la de Nancy con delicadeza. Sus energías se mezclaron al instante, no era parte de aquel proceso largo y penoso de irse conociendo gradualmente día a día hasta que después de innumerables encuentros, a fuerza de estar duro y dale, la otra persona va dejando de ser una extraña hasta convertirse en alguien más íntimo. Nancy tuvo que hacer un esfuerzo para no cerrar los ojos y entregarse por completo a lo que estaba sintiendo, pues nunca, ni antes ni después volvería a sentir una cercanía tal, una intimidad tan profunda, que no podía ser descrita con palabras ni ser explicada por concepto alguno.

Cuando decidió no escapar de la mirada de su alumna, no solamente había sido descubierta en su ser más íntimo, sino que de alguna manera inexplicable había visitado las profundidades del ser de Rebeca. Lo decimos de esta manera, pero lo que le ocurría a Nancy no entraba vía su mente y ni siquiera pasaba por su corazón, solo se dejaba arrastrar por esa inesperada y extraordinaria experiencia. Nunca había pensado o imaginado que algo así le pudiera suceder.

Cuando hizo caso al impulso de tomar la mano de Rebeca, todo sucedió sin preámbulo alguno, pues ya nada pertenecía al ámbito del tiempo y el espacio y súbitamente se sintió abrazada por el tremendo y abrumador sentimiento de que todo estaba bien. Una inmensa sensación de paz y relajamiento la rebasó, aquel sentimiento era demasiado para poder seguir estando funcional. Como pudo estacionó el automóvil, cerró los ojos y se dejó llevar por aquel éxtasis. No supo cuánto tiempo pasó, estaba por completo borracha de aquella sensación que no podía definir, pero sí experimentar. Cuando regresó a los dominios de su mente; su rostro estaba por completo transformado, se miró en el espejo y casi no pudo reconocer la imagen que veía.

Su cabeza reposó en el pecho de Rebeca y le susurró.

–¿Esto es lo que experimentas?

Rebeca tomó con una caricia el rostro de Nancy y le dio un delicado beso en la mejilla.

–Lo que sientes es una pequeña parte –respondió.

Permanecieron abrazadas en silencio hasta que oscureció. Cuando Nancy pudo volver a este mundo, arrancó el automóvil; Rebeca abrió la puerta y, al salir, volteó a mirar a Nancy. La cara de la maestra estaba empapada por el llanto, no había otra forma de expresar lo que acababa de vivir y solo estiró la mano, tomó la de su alumna y la soltó más a fuerzas que con ganas.

Esa noche no durmió, lo que acababa de vivir se estaba apartando de su consciencia y cuando empezaba a difuminarse, ella luchaba con todas sus fuerzas para que no terminara, pero era inútil, no era suyo, solamente había sido invitada a la fiesta, aquello pertenecía a su amada alumna. Ahora, este adjetivo que había aparecido de la noche a la mañana se quedaba corto y no alcanzaba, pero a falta de pan, tortillas: no había de otra. Nuevamente lloró, pero ahora era un llanto muy diferente, pues estaba perdiendo algo que no podía explicar, lo que vivió la transformó, nunca más volvería a ser la misma.

Rebeca se presentó a la escuela como si nada hubiera ocurrido, Nancy la estaba esperando con ansias; le sonrió con cierta coquetería y le hizo un gesto con la mano. La alumna se veía igual que otros días, si algo extraordinario había ocurrido, no se notaba rastro alguno, pero sí había secuelas en su interior. Aquello cambiaba su vida, veía el mundo de una forma distinta y en cada encuentro con el más allá traía un fragmento de realidad.

La maestra le pidió, al terminar la clase, que si podía quedarse un momento.

–¿Cómo estás? –le preguntó.

–Excelente –contestó Rebeca –¿y usted? La veo un poco diferente.

–No tienes idea de qué tanto.

–Sí que tengo idea, recuerde que esas cosas me pasan a mí.

Nancy tomó su mano y la apretó con firmeza, pero ya no era igual que la vez que sucedió la crisis.

–Cuando uno regresa a este mundo, todo es más pálido, ¿no le parece maestra?

–¡Y que lo digas! –luego, la maestra comentó en voz baja, como si le dijera un secreto –¿podrías ir a mi casa por la tarde para que hablemos un poco de lo sucedido?

Garabateó rápidamente su dirección en un pedazo de hoja.

–O si lo deseas, puedo pasar por ti, ¿qué dices? –añadió.

Rebeca observó la dirección, no está lejos, puedo llegar sin ningún problema, ¿a qué hora le parece bien?

–A las cinco.

–Será todo un placer –concluyó Rebeca.

Mientras hablaban, no se soltaron ni un momento de las manos.

–Bien, ahí te espero.

Nancy vive en una casita modesta cerca de la parada del Metro Potrero, en una calle tranquila y segura; se trata de una casa que tiene un techo de dos aguas con tejas en la parte superior. A Nancy le gustan los espacios abiertos. Al entrar hay un pequeño porche adornado con varias macetas con flores de vivos colores.

Rebeca llegó diez minutos antes de las cinco y tocó aquella pequeña especie de manija. Nancy la estaba esperando con una gran sonrisa, la tomó de ambas manos y tiró de ella hacia el interior de la casa con suavidad.

–Pasa, esta es tu casa.

Rebeca entró y de inmediato se sintió cómoda. La casa tenía la energía de Nancy, era clara, definida y a la vez femenina y acogedora.

Después de mostrarle la casa, se sentaron en la sala.

–Qué lugar tan lindo tienes –comentó Rebeca.

–Sí –respondió Nancy sin ninguna modestia –me gusta vivir en un espacio en el que me sienta tranquila.

–El lugar grita a todo pulmón ¡Nancy! –dijo Rebeca y ambas se rieron –me gusta lo que veo –y al decirlo, le regaló una mirada seductora a la vez que acariciaba su brazo.

–¿Te sirvo algo de comer? –le preguntó Nancy.

–Ya comí, gracias, pero si tienes una limonada fresca, te lo agradecería, ¿me permites entrar a tu baño?

–Claro – y le señaló la puerta.

Se sentaron cómodamente en la sala, Rebeca se sentía muy a gusto y daba pequeños sorbos a la limonada entre frase y frase. Hablaron de cosas triviales, luego comenzó el verdadero punto por el que Nancy la había invitado.

–¡Háblame de lo que te sucede! Ya sabes, cuando te pasa eso; bueno, si es que no te molesta hacerlo.

–No hay ningún problema, ahora creo que me podrás comprender.

–¡Vaya experiencia! – dijo Nancy con una risita nerviosa –todavía no acabo de asimilarla por completo.

–Las crisis son provocadas por algo que hace que me sienta amenazada; en pocos casos como el del viernes parece que no hay una causa aparente. Por fortuna no suceden muy a menudo y, al parecer, no dejan secuela. Primero tengo una sensación de sofocamiento, luego llegan las visiones catastróficas y finalmente me traslado a un espacio carente de cualquier contenido; cuando esto sucede no sé dónde estoy, ni cuánto tiempo ha pasado y al regresar me siento como lo que viviste el viernes, nada más que multiplicado por mil, para que te puedas dar una idea y después veo las cosas en su realidad más profunda. El efecto dura varias horas hasta que finalmente se desvanece. Eso es lo que me sucede, ahora te lo puedo contar en detalle, porque después de lo que viviste, de alguna manera me podrás entender; si no hubiera pasado, no habría forma que supieras de lo que estoy hablando.

Rebeca hizo una pausa y continuó.

–Con el tiempo he llegado a darme cuenta unos minutos antes y eso me ayuda a prepararme para no caer o sufrir un accidente. Las personas más cercanas saben qué hacer cada vez que esto ocurre. Como mis padres no tenían dinero, nunca fuimos con ningún médico, así que no tomo ninguna clase de medicamentos.

Nancy escuchaba sin siquiera parpadear, solo respiraba porque ello sucedía sin su consentimiento.

–¡Vaya historia! Y sí, ciertamente, si no lo hubiera vivido, no tendría forma de saber de lo que hablas, pero después de esa experiencia, estoy por completo trastornada, aunque no sea exactamente la palabra adecuada.

Rebeca se emocionó.

–¿Lo ves? Las palabras no pueden explicar esas cosas, no hay lenguaje para ello –dijo.

–¿Y dices que lo que yo viví es una pálida sombra de lo que te sucede? –preguntó Nancy.

–Así es, lo sé porque, cuando sucedió, sabía exactamente lo que te estaba pasando. Nunca alguien me había acompañado y, por alguna razón que desconozco, estabas abierta y permitiste que entrara en lo profundo de ti y a la vez tú entraste en mí, por llamarlo de alguna manera.

Rebeca se emocionó tanto, que las lágrimas brotaron sin darse cuenta. Nancy las enjuagó con delicadas caricias de sus labios; se sentó a su lado y Rebeca posó la cabeza en su pecho. Permanecieron en silencio, podía escuchar la respiración de Nancy y el ritmo de su corazón la hacía sentirse tranquila. El sol se estaba ocultando, Nancy la tomó de la mano.

–Ven, vamos a mi recámara.

El corazón de Rebeca comenzó a latir como un potro salvaje. Apenas había luz, Nancy prendió una veladora e incienso, que la hacía sentirse relajada. Rebeca observaba los detalles del lugar, era espléndido, no cabía duda; esa parte de la casa representaba más el interior de Nancy, completamente íntima y cálida.

–¿Quieres pasar al baño o algo? –preguntó Nancy.

–Estoy bien –contestó Rebeca de manera casi imperceptible.

Nancy acercó su cuerpo por la espalda de Rebeca, pasó sus brazos por entre la cintura y los ajustó hasta que sus manos quedaron a la altura de sus hombros; quería sentirla cerca, tenía una clara necesidad de estar lo más unida a ella que se pudiera.

Permanecieron un rato unidas en silencio, luego Rebeca tomó las manos de Nancy y las dirigió hacia su busto. Comenzó a moverlas con lentitud, sintiendo un enorme placer. Su respiración se agitó rápidamente; le soltó las manos y se desabrochó la blusa con un rápido movimiento para luego arrojar el sostén. Rebeca la guio para que acariciara sus generosos y firmes senos, aunque las manos de Nancy no alcanzaban a cubrirlos por completo. Los pezones reflejaban su excitación y Nancy disfrutaba dejándose llevar por completo. En un momento giró con suavidad la cabeza de Rebeca hacia ella y le regaló un suave beso en los labios. Ella correspondió con uno profundo e intenso y mientras hacía esto, movió las manos de Nancy hacia abajo, haciendo que acariciara con intensidad su firme abdomen; luego las hizo pasar a través de la falda y las dirigió hacia su bajo vientre.

Nancy la volteó con delicadeza, Rebeca tomó su cuello con las dos manos y la jaló, después cerraron los ojos y unieron nuevamente sus labios. Se dieron un largo beso mientras sus cuerpos se unían. Rebeca desabrochó con rapidez el sostén de Nancy y acarició sus senos, luego bajó y comenzó a succionar uno de sus pezones, mientras acariciaba lentamente el otro. A la maestra se le escapó un quejido mientras su alumna continuaba haciendo lo suyo, dándole un placer desconocido hasta entonces.

Nancy le bajó la falda, pero no le quitó las pantaletas y solo le sacó los zapatos y las calcetas, luego abrió los ojos para contemplarla, ¡y se le fue la respiración! Con ambas manos bajó por su vientre, acariciándolo y un espasmo sacudió a Rebeca, que lanzó un pequeño grito.

—¿Estás bien? —preguntó Nancy.

Rebeca respondió con algunos besos en su oído

—Sigue, no te detengas.

Nancy pasó una de sus manos sobre la pantaleta y comenzó a moverla firme y rítmicamente, sin prisa. La prenda estaba empapada.

Rebeca permanecía tendida boca arriba con las piernas abiertas, dispuesta a recibir totalmente a su querida maestra. Nancy sintió un chorro caliente que empapaba su mano.

Rebeca se volteó y con sus dedos acarició los labios de la maestra, después, su lengua penetró en la boca de Nancy todo lo que pudo y exploró sus profundidades e hizo un esfuerzo y alcanzó la parte superior del paladar. La maestra se arqueó completamente ante aquella extraña e intensa sensación. Mientras la besaba, le quitó las pantaletas, la jaló de las caderas para encajarse, pero no fueron movimientos suaves y sutiles; sus clítoris se frotaban, lubricados por las aguas del mutuo placer.

Nancy sintió un orgasmo, tomó con firmeza las caderas de su alumna, se encajó en ellas y una serie de espasmos daban fe de lo que ocurría. Rebeca apuró el movimiento y le regaló un gran fluido caliente.

Aún no estaban satisfechas, así que Nancy se volteó y buscó directamente la intimidad de su alumna y ella correspondió saboreando ávidamente su sexo.

Se dieron todo el placer posible, luego se vinieron al mismo tiempo, Nancy con unas fuertes sacudidas y Rebeca con fuertes fluidos. La maestra abrió la boca y bebió todo lo que pudo de aquel néctar.

Se abrazaron empapadas en sudor, luego Nancy le preguntó.

–¿Cómo te sientes?

–¡De maravilla!, apenas puedo creer que haya sucedido.

Nancy hizo cara de sorpresa.

–Hace tiempo había imaginado estos momentos, pues desde que te vi me sentí atraída hacia ti. Me imagino que te habrás dado cuenta.

–¡La verdad es que sí! –respondió Nancy –pero no quise alentar este tipo de relación; es la primera vez que estoy de esta manera con una mujer, ni siquiera era algo que hubiera considerado, pero con lo que sucedió, no encuentro ninguna otra manera para expresar lo que se despertó en mi interior hacia ti. Podría decir que era inevitable.

Rebeca le plantó un beso en la boca.

–Pues para no tener experiencia, te salió muy bien.

Ambas se rieron.

Se dieron un buen baño con agua caliente y ya con la luz prendida, Nancy pudo observar con detalle el cuerpo de su alumna de 16 años recién cumplidos.

—Tienes un cuerpo estupendo y comenzó a enjabonarla sensualmente.

—No le muevas, porque te arrastro a la cama, tú también tienes un cuerpo excelente: las dos somos jóvenes y bellas.

Soltaron la risa.

En el caso de estas dos hermosas mujeres, aunque no eran unas extrañas, nos queda la impresión de que los acontecimientos íntimos se desarrollaron abruptamente, pero las apariencias muchas veces engañan, sobre todo cuando las cosas no siguen su curso normal. En este caso, lo importante sucedió primero, cuando compartieron lo que no se puede definir, entonces, sus almas se volvieron una sola, la experiencia de estar unidas a esos niveles tan profundos fue lo que las llevó a la vivencia que acabamos de presenciar.

No nos equivoquemos y vayamos a pensar que es como el caso de Isabel y Juan José. No quisimos entrometernos en su vida sexual para proteger su intimidad y permitir que lo que sentían siguiera su curso sin interferencias. Ahora tampoco vamos a asomarnos en la intimidad que ocurre entre la maestra y la alumna, lo único que diremos es que esta comunión sucede a un nivel muy profundo y es ahí donde no queremos echar un vistazo; eso les pertenece solo a ellas. Lo que acabamos de presenciar no es más que la parte externa de lo que en realidad importa. Los besos, las caricias y el sexo son solamente un pálido intento por expresar lo que en verdad importa, que es eso que sucedió entre las dos dentro del automóvil.

Ante la enorme magnitud de aquello, el resto de las consideraciones externas quedan por completo fuera de lugar, tales como el hecho de que Rebeca es una menor de edad con una relación maestra-alumna o que las dos son mujeres. Ante lo acontecido, todas esas cosas son puras tonterías. Rebeca y, ahora Nancy también, pueden ver la realidad que las une más allá de cualquier factor o suceso externo y ante eso, cualquier otra cosa pasa a segundo término.

Sin embargo, ninguna es tonta ni de lejos son ajenas al mundo en que viven. Tendrán que mantener oculto el tipo de relación que desde ahora tienen, porque en la época en que se desarrollan sus vidas, una pareja del mismo sexo es algo muy mal visto en el mejor de los casos. No es como en la actualidad, que se acepta plenamente el hecho de tener una relación con alguien del mismo sexo. No es así en el mundo en el que ellas viven, de manera que habrá que tener cuidado con ese aspecto y, por supuesto, si alguien llega a enterarse de la relación que la maestra Nancy mantiene con su alumna menor de edad, le valdría un despido inmediato, si no es que una demanda o cosas peores. Ellas están conscientes de todo esto y lo hablan con claridad mientras van camino a Tlatelolco. Sus manos permanecen entrelazadas todo el tiempo.

CAPÍTULO VI
¿QUÉ SERÁ DE MI?

Pasaron a Isabel a un cuarto para que sus familiares pudieran estar con ella. Los médicos ya habían hecho todo lo posible para ayudarla, era un milagro que siguiera con vida.

El verla acostada, el rostro inexpresivo, los ojos cerrados, inmóvil y con el respirador dentro de la garganta, así como toda una serie de aparatos conectados, era impactante, pero una vez superada la primera impresión, como siempre sucede, por más terribles y espantosas que las cosas puedan mostrarse, uno acaba por irse acostumbrando a la imagen por demás aterradora.

Juan José Guardiola no quiere estar alejado de su amada Isabel; sale un momento para dejar a solas a los hermanos y la madre, porque solamente ellos tienen la intimidad suficiente para decirle cuánto la aman; le piden que sea fuerte y que no se dé por vencida. Aprovecha para estirar las piernas y camina por aquellos largos y elegantes pasillos del hospital hasta una máquina expendedora; inserta unas monedas, escoge unas papas fritas y la máquina hace sus ruidos característicos, acusando recibo del dinero; después la luz se enciende y se apaga como parpadeando al usuario.

Juan come de una manera mecánica y va de un lado al otro del pasillo completamente absorto en sus pensamientos, ajeno a todo cuanto lo rodea. Parece un fantasma apostado en no se sabe qué mundo.

Cuando es arrastrado al restaurante, uno de los hombres se queda en la habitación para llamarlo en caso necesario, solo así es posible sacarlo del cuarto. Come sin ganas, ausente; por más que sus padres traten de obtener algo de plática, únicamente contesta con monosílabos: sí, no, quizá. La madre lleva ropa y sus artículos personales para que se cambie y Juan toma todo sin oponer resistencia.

Por las noches dormita en un sillón y no pierde oportunidad de hablar con Isabel: le platica de sus planes y recuerda los momentos felices mientras acaricia sus brazos, que es casi lo único que queda libre de ella para poder tocarla en mitad de la multitud de aparatos a los que está conectada. Ya se acostumbró al sonido sordo de la máquina de respiración artificial y a toda clase de ruidos y alarmas del resto de aparatos; los hay de todos tipos, tamaños y colores y cada uno posee su personalidad propia, cada cual con su función particular.

Después de una semana no se ve ninguna mejoría. Todos los días llega el especialista, toca aquí, inspecciona los ojos, lee el informe del médico de guardia, cambia los medicamentos y Juan o los que están por ahí lo abordan en cuanto sale.

–Doctor –preguntan –¿cómo va todo?, ¿hay alguna mejoría?

Pero el especialista no tiene buena cara.

–Estamos haciendo todo lo posible, ahora depende de que salga del coma, mientras tanto, hay que mantenernos positivos –y se aleja sin más.

Su lenguaje corporal es claro: no cree que pueda salvarse, pero no puede soltar así nada más sus impresiones a aquellas personas que están sufriendo las de Caín, todo lo contrario: los alienta a no perder la fe, pero no lo dice con plena convicción. Sus palabras caen en el vacío y ellos se aferran a su propia esperanza.

Don José Anselmo habla con su hijo sobre la posibilidad de trasladar a Isabel a un hospital en los Estados Unidos o en Europa. Por primera vez, desde que empezó este calvario, Juan presta atención. Sale de su estado zombi y lo escucha con cuidado. Sus ojos súbitamente recobran el brillo, pues le gusta la idea. Estos actos de buena fe, estos detalles en el momento preciso hacen que se sienta muy amado por sus padres.

Al día siguiente informan de esta decisión al neurocirujano, pero el médico opina que no le parece lo mejor, sin embargo, les concede el hecho de que no hay mucho que puedan hacer y les propone que aguarden una semana más; si para entonces no hay una clara mejoría, habría que intentar el traslado.

Juan siente que algo de vida circula por su cuerpo.

—¡No hay que darse por vencidos! —le dice a Isabel una vez que está a solas con ella y le cuenta los nuevos planes.

Un día antes de la fecha acordada, sucedió lo impensable. Juan dormitaba en el sofá, cuando de pronto sonó una ruidosa alarma. Él brincó sobresaltado, salió corriendo al pasillo y le gritó a una enfermera.

Sin decir nada, la enfermera desconectó los aparatos, luego llegó otra y la ayudó con el respirador, después salieron disparadas hacia la sala de terapia intensiva. El doctor de guardia se les unió y entraron a toda velocidad. Juan se quedó afuera sin saber qué hacer; sentía que el corazón se le partía, era demasiado para él. Su cuerpo no pudo más y le sobrevino una crisis.

Isabel no vio llegar la luz del día, su corazón no resistió y se trasladó a los dominios del más allá. Por más que lo intentaron, nada se pudo hacer.

Llegaron sus padres para encontrar a su hijo, que no se veía alterado, simplemente su rostro carecía de expresión. La madre corrió a abrazarlo, pero él no le correspondió, estaba ausente: lo que había pasado era tan tremendo, que se alejó de la realidad. Su padre lo abrazó y no dijo más, la madre lloraba de manera inconsolable.

–¡Es una verdadera desgracia, apenas comenzaba a vivir su vida! –se quejaba ella.

El funeral se llevó a cabo entre familia y amigos de Isabel, marcado por una enorme tristeza, como era de esperarse. Mientras bajaban el ataúd, la madre de ella soltó un llanto lastimero y se abrazó a él, queriendo detener su viaje a las profundidades de la tierra, pero sus hijos la apartaron, también con lágrimas en los ojos. La madre de Juan lloraba sin restricciones y, en general, todos tenían un nudo en la garganta; ni los hombres pudieron contener unas cuantas lágrimas, pues aquello rebasaba su férreo control emocional.

El único que no lloró y tampoco mostró gesto alguno, fue Juan, que estaba ahí, parado con el rostro impasible y ajeno. La gente, al verlo, se preguntaba por qué.

Lo que le sucede está más allá de la comprensión regular y lo había arrojado a algún lugar oscuro y remoto de su propia consciencia. Era como un muerto en vida.

La madre de Juan ya no le reza a Dios, prefiere olvidarlo, pues lo sucedido acabó teniendo serias repercusiones en su fe: o bien, no la escuchó, no le quiso hacer el milagro, o algo peor como, por ejemplo, que en realidad no tenga el presunto poder sobre la vida y la muerte. Lo mejor para Eugenia Villalpando es olvidar de momento ese asunto. Con su propia pena tiene más que suficiente, que ya los sacerdotes tienen una lista de pretextos para que Dios salga airoso de estas difíciles crisis.

–Era tan noble y buena, que El Señor la necesitaba a su lado: nadie sabe los designios de Dios, por algo será –se escuchaba decir.

Ante los ojos de La Gran Igualadora no hay pretexto que valga ni argumentos ni rezos, tampoco hay plegarias, mucho menos amenazas, ni sobornos. Se lleva al comunista como al capitalista, al niño, al joven, al viejo; no tiene consideración por nadie, ni por nada y es ajena al dolor de los hombres y a sus súplicas: hasta el mismísimo Dios tendrá que encontrarse con ella algún día.

Bien lo dice el dicho: cuando te toca, aunque te quites y cuando no te toca, aunque te pongas. Pongamos como ejemplo el caso de Jesús, que regresó a Lázaro de los dominios de la muerte. El pobre Lázaro ya iba muy avanzado por aquellos territorios y la muerte iba a su lado, al escuchar la voz de Jesús, movió la cabeza y se encogió de hombros; luego miró a Lázaro y le hizo una seña.

Lo que no menciona la anécdota es que después de la resurrección, Jesús se reunió con Lázaro en privado y este último le reclamó.

–¿Por qué lo hiciste? ¡Yo ya había cumplido con mi destino, era mi hora! ¿Quién eres tú para decidir sobre la vida y la muerte de alguien más? Yo no lo pedí, te inmiscuiste en mis asuntos sin ser invitado y, ¿para qué?, solo para hacer gala de tus poderes y ganar seguidores. Ya había pasado por la agonía de la muerte y mis familiares habían llorado la mía, pero ahora tendré que someterlos al mismo sufrimiento por segunda vez y viviré dos muertes en una misma vida, ¡dos agonías! ¿Por qué me sometes a ese tormento?, ¿hice algo tan malo para merecer esto? Ni siquiera sabía de tu existencia, no creo haberte ofendido de manera alguna para que me castigaras de esta forma, o dime, ¿acaso lo que hiciste me volverá inmortal?, ¿es qué no tendré que morir nuevamente? Por favor dímelo y, en caso de ser así, explícame por qué merezco semejante castigo; ¿te puedes imaginar a alguien viviendo eternamente y sufriendo una y otra vez la muerte de sus seres queridos sin poder hacer nada, quedándose solo y desarraigado y siempre aburrido hasta la eternidad? ¡Por Dios!, ¿qué diablos te sucede?

Dicen los que saben que Jesús no le dio respuesta, solo bajó la cabeza avergonzado y se retiró a otra parte con sus milagros y sus seguidores. A pesar de la lección, parece que no le sirvió de mucho, pues siguió con esa fea costumbre de realizar milagros, ¿para bien o para mal?, eso no lo sabemos.

Como nos podemos dar cuenta, Jesús no venció a la muerte, solo hizo que se retrasara y, al hacerlo, provocó un verdadero desorden. Ante ella, la única y auténtica comunista, no hay nada que hacer. A lo lejos puede verse la figura de Lázaro, que camina al lado de la muerte, rumbo al más allá, esta vez todo siguió su curso natural.

Juan se retira a su casa que, a pesar de ser la misma, ya no es igual; la pena es tan grande, que no deja lugar a nada. A pesar de todo, un solo pensamiento encontró cauce en su mente: y ahora, ¿qué será de mí?

Rebeca no se despega de Nancy, es un sentimiento mutuo, si no fuera así, fácilmente podría verse como una obsesión. Viven en su mundo propio, ajenas a los ojos de los curiosos y metiches. Para empezar, lo que hay entre ellas es un asunto privado, no es de la incumbencia de nadie, pero las personas son morbosas y más si se trata de algún asunto prohibido. Serían felices de "meterles el guante", de inmiscuirse en un asunto que no les pertenece, aunque solamente puedan ver lo externo. No se les puede pedir más, lo único que tienen para ver son los ojos físicos y por ellos se dejan guiar.

Rebeca y Nancy tienen el mayor cuidado para no hacer demostraciones públicas de su amor, pero hay cosas que por más que uno quiera no pueden permanecer del todo ocultas y algo se filtra al populacho. Los más observadores se dan cuenta que algo se traen estas dos chicas en la forma que se tratan, en sus miradas o en sus expresiones de felicidad; estos y muchos otros detalles son más que evidentes, aunque todo queda siempre en especulaciones.

En casa de Nancy es completamente diferente pues, alejadas de cualquier mirada enjuiciadora, sueltan las amarras de sus corazones y suceden todo tipo de cosas maravillosas y milagrosas. Una caricia aquí, un besito allá, abrazos cercanos, risas por montones y plática formal e informal: hay de todo un poco o un mucho, dependiendo de la ocasión. Las sesiones de sexo intenso y salvaje reclaman su lugar con todo tipo de excursiones en las planicies de sus cuerpos y no falta el correr de las aguas del placer y los corazones a flor de piel.

Disfrutan mucho de la música y del baile, son fanáticas de los Beatles, en especial, a Rebeca le fascina una canción compuesta por John Lennon, cuyo título es Imagina. La cantan a coro: Imagina que no hay paraíso, es fácil si lo intentas...

Estas dos peculiares mujeres viven en dos mundos a la vez. Rebeca le pide:

–Deja que tu corazón cabalgue en las llanuras de mí interior, él sabe que ahí se encuentra su hogar;

quítale las riendas y permite que vague libremente, las tierras de mi ser son infinitas, en ellas caben todas las posibilidades.

No nos dejemos engañar por lo que sucede en el exterior de esta relación; ya sabemos que desde ahí solo se puede percibir una pequeña parte, como cuando uno observa un iceberg en la superficie del mar. Lo que viven no es comparable con nada, por más que desde afuera parezca una relación física o emocional. ¡No es así!, está arraigado en lo más profundo, en el mismo origen de todas las cosas, incluyendo el ser.

Están unidas por la nada, podemos decir que viene del más allá y por lo mismo, trasciende todo intento de definición o demarcación. El mundo no tiene noticias de tales encuentros entre dos nadas o, si alguna vez el mundo fue testigo de ello, nunca pudo darse a conocer por la simple y sencilla razón que no es posible; sin embargo, algo podemos filtrar que nos puede dar una pálida imagen de lo que sucede. Por ejemplo, la relación que tienen no depende de si están juntas o no y lo que sienten la una por la otra no es determinante. Las circunstancias no son un factor que las afecte, tampoco su género, su edad o las peleas y desacuerdos ocasionales, lo suyo va más allá de todas esas cosas, pues no importa lo que piensen o dejen de pensar, lo que hagan o dejen de hacer, con quien estén o no, tampoco es relevante si están juntas, y los conceptos, tales como traición, infidelidad o lealtad, carecen de sentido.

Si Rebeca tiene alguna aventura con una que otra mujer o Nancy se reencuentra con algún viejo novio y terminan en la cama, nada de eso tiene sentido en su caso; inclusive nos atrevemos a pensar que su relación está más allá de la muerte, ya que, al parecer hay algo que sí puede vencer definitivamente a la calaca. Lo que tienen en sus manos es de ese calibre.

Para que nos podamos dar una idea de lo que estamos hablando, diremos que las palabras entre ellas eran, la mayoría de las veces innecesarias. Pasan largos periodos en silencio, una recargada en el pecho de la otra, o simplemente abrazadas o mirándose a los ojos. Solo hablan para atender asuntos funcionales y explicaciones para darle sentido a las cosas.

No conocen lo que es el aburrimiento y saben estar completamente solas porque no se necesitan, no se aferran la una a la otra y, aun así, siempre que pueden, prefieren estar juntas y convivir todo el tiempo que sea posible.

Es viernes por la tarde, Rebeca llega a casa de Nancy y ella, en cuanto abre la puerta, la recibe con un delicado beso.

–Hola hermosa, ¿cómo estás?

Rebeca, jugando, hace un gesto con sus manos, recorriendo su cuerpo de arriba a abajo.

–¿Cómo ves? –le responde.

Nancy le sonríe coqueta, tira de la mano de ella y la lleva a la sala. Se toman unas bebidas, platican de las experiencias del día y de asuntos generales. Nancy la mira a los ojos y le dice.

–Hay algo que quiero pedirte, por favor, no te sientas presionada, mucho menos obligada, si no está en tus manos, si no quieres hacerlo, está perfectamente bien, sin embargo, te lo tengo que decir, porque para mí es algo muy importante.

Rebeca le presta toda su atención. No tiene idea de lo que le va a pedir su amiga, pero intenta quitar un poco de tensión y comenta:

–Dígame, maestra, ¿en qué puedo servirla? –Nancy frota sus manos, signo inequívoco de que está nerviosa.

–Vamos –dice Rebeca –sabes que puedes pedirme cualquier cosa, ¿qué necesitas?

–Bien –se aclara la garganta, ¿recuerdas lo que pasó cuando tuviste aquella crisis en el salón?

–Claro, recuerdo todas y cada una de ellas.

–Bueno –bajó su mirada como si se avergonzara –me gustaría volver a experimentarlo, ¿no sé si se pueda?, de ser posible, quisiera volver a vivirlo.

Rebeca se sorprende, no se lo esperaba. Respira profundamente, levanta la cara de la maestra y le dice:

–Sabes que esas crisis no son algo placentero, están más allá de mi control, es un padecimiento. Si estuviera en mis manos, cambiaría todas esas experiencias por una vida normal, pero tengo que lidiar con eso me guste o no.

–Lo entiendo, por eso dije que no te sientas obligada a nada, ¡será mejor que olvidemos el asunto!

Rebeca no puede olvidar algo como lo que acaba de escuchar y mucho menos viniendo de la boca de su amor. Se queda en silencio unos momentos, considerando la petición.

Nancy no sabe qué hacer, se da cuenta de que, en parte, con el solo hecho de haber hablado de ello, siente que ha soltado una carga.

–Mira, debido a lo que existe entre nosotras, no te puedo negar lo que estás pidiendo, pero tengo una condición.

–¡Lo que sea!

–Lo que pido es que solamente sea por esta vez, pues para mí no es nada fácil pasar por eso, ya lo sabes.

–No hay problema –y Nancy no puede ocultar su felicidad.

Hablan largo y tendido al respecto, acuerdan que lo harán al día siguiente y que será dentro de la casa.

–No quiero que vayamos por la calle como locas en nuestro mundo privado y que puedan ocurrir quién sabe qué cosas. En caso de que resulte, no tienes que ir a ningún lado, solamente enfoca tu atención en cualquier tema que quieras explorar, y en ese momento se te revelará su naturaleza profunda. Nunca se me hubiera ocurrido pensar que podría hacer algo así. Será por la mañana y en un ambiente controlado, es decir aquí.

Nancy está totalmente de acuerdo, hará todo lo que su alumna le diga. Se muestra muy emocionada ante la expectativa.

Salen temprano a ejercitar su cuerpo y se dan un buen baño, luego desayunan algo muy ligero y se preparan para el experimento. Se trasladan al jardín, se sientan en el pasto frente a frente y se miran. No hay necesidad de decir gracias o te amo, no hace falta.

Nancy se coloca a espaldas de Rebeca, la toma por los hombros y ella asiente con la cabeza; luego, Nancy pasa su brazo alrededor del cuello de su alumna, quien comienza a sentir que se ahoga. Su respiración se altera de inmediato y llegan las visiones. Ve que cae de un bote al mar y se sumerge en lo profundo; por más que da patadas para salir a la superficie, es inútil, sus pies se atoran con las espesas algas del fondo. Después, siente que le estallan los pulmones y de pronto ya no puede más, traga agua y empieza a ahogarse irremediablemente. Experimenta la desesperación y la agonía de la muerte bajo el agua; Nancy está completamente alerta, suelta el brazo y se ubica frente a ella: observa su rostro, sabe que está viviendo una terrible experiencia.

Afortunadamente, las visiones quedan atrás y Rebeca se traslada a la nada. Abre los ojos y se encuentra con Nancy, ella se suelta, su entrega es absoluta. Toma las manos de Rebeca y se interna por completo en el ser de la joven.

Es transportada a esa dimensión única e inexplicable. Todo deja de existir, ya no escucha nada, no ve nada y la invade una sensación de éxtasis. Es rebasada por un gozo como no se conoce en este mundo, es tan abrumador, que, si pudiera morir en ese instante, iría con gusto al encuentro con la muerte.

Cuando abre los ojos, su amiga está a su lado con aquella expresión que hizo que la llamaran santa y ahora ella también tiene una similar. Dirige su mirada hacia el pasto y lo percibe completamente vibrante y de un color muy intenso. No puede ser el mismo pasto que vio hace apenas un instante, ¡pero sí lo es!, lo que ha cambiado es su visión. La mente ahora solo le sirve como un apuntador, una vez que tiene un pensamiento, su consciencia se dirige hacia allá, pero la mente se queda muy a lo lejos, a la expectativa de ser llamada nuevamente, como un buen sirviente atento a las órdenes de su amo.

Dirige su atención a la relación que lleva con su amiga y se da cuenta de inmediato que, en lo profundo, más allá del cuerpo, de los sentimientos o los pensamientos, comparten una esencia común.

Puede ver que es la misma que la de ella, se percata que los celos, la posesividad, las peleas o las diferencias, todas esas cosas que dañan la convivencia entre dos personas, pertenecen a la capa más externa de su mente: a la personalidad y que, si te identificas con ella, estás destinado a sufrir y a hacer sufrir a los demás.

Observa que lo que surge del corazón es más auténtico que lo que viene de la mente; presta atención y sabe que lo que expresa el cuerpo pertenece a una realidad todavía más profunda y eso tiene que ser respetado. Cuando se sumerge más, encuentra lo que la une a su amiga. De ahí nace lo que ellas viven, le queda claro que nunca nadie ni nada podrán romper el vínculo que tienen porque está más allá del alcance de las personas, de las circunstancias y del tiempo y el espacio. Como las olas que se elevan con existencia propia, pero en lo profundo son una sola cosa, así sucede con ellas: está más allá de todo lo transitorio, en ello hay algo inmutable y eterno.

Siente que se está alejando, observa a Rebeca, sigue ahí; se acerca y es arrastrada hacia aquella dimensión. Se dedica a observar distintos temas y en algún momento se percata que ya no está con ella a su lado. Su estado decae rápidamente, regresa al mundo cotidiano y saborea al máximo de lo que se está alejando. Solo queda el recuerdo de lo que ya se ha ido.

Entra irremediablemente en una depresión, ¡no tiene remedio! Después de visitar las alturas, al volver a nivel del piso, todo se ve muy soso, muy descolorido, como si primero estuvieras en una película a color y de pronto te la pasaran en blanco y negro y con muy poca resolución.

Rebeca había flotado hacia el interior de la casa; tomó un vaso con agua y, ahora que regresa, se percata del estado de Nancy. Se sienta a su lado y la abraza tiernamente, ya no la puede regresar a donde ella está, es una experiencia prestada, compartida con su adorada amiga; la llamamos de esta manera a falta de calificativos apropiados, por eso, en ocasiones le decimos su amor, en otras maestra, en otras más, su amada, su amiga o compañera, todo esto con la vaga esperanza de que entre todos estos calificativos, se pueda tener una ligera imagen de lo que sucede en las profundidades de su ser, con la peregrina ilusión de que el todo, en este caso, resulte más que la suma de las partes.

Se centra en ella y se dirige hacia su corazón; lo abraza contra el suyo. Nancy lo siente como una manta tibia que la arropa y la protege en una oscura noche fría y se siente mejor. Está en shock, su mente no puede asimilar lo que ha vivido y, además, le cuesta trabajo retomar los engranes del funcionamiento cotidiano. Su amiga no se aparta de ella, no lo hará hasta que su corazón le diga que Nancy está más estable.

Se van a dormir temprano, apenas prueban bocado. Sacan un poco de leche del refrigerador, algunas galletas, que mordisquean y no dicen nada. Solo se dirigen a la cama y se acuestan una al lado de la otra.

Nancy sueña que vuela por los aires, observa todo con suma claridad, se asoma aquí y luego allá. Lo ve desde arriba, pero si quiere, se acerca y ve todo en detalle. Se siente feliz, pletórica, tanto, que aún con el cuerpo paralizado, una sonrisa se logra colar a su rostro y así se queda toda la noche.

Rebeca entra en sueño profundo, un sueño sin imágenes. Siempre que tiene una visita al más allá, le sucede eso: al día siguiente se despierta como si nada, así, como cualquier hija de vecino; los demás permanecen ignorantes del milagro que hace apenas unas pocas horas se llevó a cabo.

Al despertar, Nancy no es la misma; algo ha cambiado y ese cambio abarca todas las áreas de su vida. Ahora ha visto la verdad y no puede pretender que las cosas son lo que aparentan: eso la hace diferente a la Nancy del día anterior, pero todo tiene un costo. Junto con la visita al más allá, se vuelve más profunda y sabia, más adulta (en el buen sentido de la palabra) pero, por otro lado, le queda un dejo de tristeza por el hecho de haber perdido algo de un valor inmenso.

Se queda reflexionando sobre la posibilidad de hacer suyo ese estado sin abrumar a su amor. Lo que Nancy todavía no sabe, es que sí hay una manera, no solo de entrar y salir accidentalmente, como en el caso de Rebeca, sino una forma auténtica y real de vivir en ese mundo; pero eso para ella es harina de otro costal. Se tendrá que conformar, por el momento, con lo que tiene. La semilla del descontento ha entrado hondamente en la tierra de su ser y ya nunca encontrará la verdadera paz hasta que logre, por méritos propios, hacer suyo ese estado. No le queda otro camino ni otra opción: ya probó lo sagrado, lo sacro, lo oculto, nada más en esta vida le brindará el consuelo que requiere.

De esta manera, por demás heterodoxa, vive su vida Rebeca y, por añadidura, Nancy. Sin embargo, para Rebeca forma parte de su diario vivir y está en paz con eso, felizmente son jóvenes y bellas, además son flexibles y eso le será de mucha ayuda a Nancy. En Rebeca se cristaliza un espíritu de rebelión intransigente que no se detendrá hasta lograr materializar su visión.

Siguen con sus vidas, cada una con su destino, con sus particularidades que las hacen únicas y siguen siendo dos, pero a la vez son una misma; esa es la contradicción en que viven, sin embargo, solo es así cuando se mira desde la mente, pues la vida misma permite todo tipo de contradicciones, así que no hay problema. A ella no le importa lo que piensen, está más allá de esos juegos.

Juan se encuentra desolado, no habla con nadie y solo se queda en casa. Sucesos como el que le acaba de ocurrir, no se pueden asimilar fácilmente; no come y solo toma agua espoleado por la necesidad de su cuerpo. Su mente vaga por el limbo y él se siente flotando en un mundo gris, borroso; en estos momentos no puede decir que se encuentra vivo, pero tampoco que está muerto.

Sus padres, preocupados por la salud y la cordura de su hijo, están pensando en contratar a una o varias enfermeras para que lo acompañen y vean por él. Vamos a ver si la situación lo amerita.

Los guardaespaldas tienen funciones muy bien delimitadas y algo de libertad, aunque mayormente se limitan a estar afuera de la casa. Cuando Juan no sale después de horas, solicitan permiso para entrar, a ver cómo se encuentra; tocan la puerta tímidamente, luego con más presencia y, al no tener respuesta, se aventuran al interior. Abren con cuidado, casi sin hacer ruido, y entran como ladrones, siempre con temor ante lo que puedan encontrar, ¿qué tal que está dormido y no quieren despertarlo?, ¿y si el joven hizo una barbaridad, cegado por el dolor y lo encuentran muerto?

Revisan por todos lados y nada, se encaminan a la recámara con el Jesús en la boca y, al abrir la puerta, el alma regresa al cuerpo: ahí está Juan, se encuentra profundamente dormido, aunque todavía no se hace oscuro. Está boca abajo, tiene la ropa puesta, las piernas cuelgan al lado de la cama y, deciden moverlo para que esté más cómodo. Le ponen una cobija en la espalda, ¡se ve tan inocente! En esos momentos no está sufriendo. Salen despacio y cierran la puerta sin hacer ruido, hicieron bien en entrar sigilosamente.

Llaman de inmediato, don José escucha atentamente, su esposa está pegada al auricular, cuelgan y se escucha un suspiro de alivio en ambos lados.

Juan se despierta ya entrada la noche, está desorientado. Se tambalea al salir de la recámara, voltea a ver el reloj de la sala y se da cuenta que son las nueve de la noche. Se talla los ojos y se estira, ya está más ubicado de nuevo, pero la memoria lo regresa al mundo del sufrimiento, y pena del que se había escapado por algunas horas. Las comisuras de la boca se inclinan hacia abajo, los ojos pierden el brillo y su cara muestra claramente lo que siente.

Se dirige mecánicamente hacia el refrigerador y observa, más por costumbre que por ganas, luego saca un bote de leche, encuentra una caja de cereal y unas galletas. Se sienta descuidadamente, sirve cereal con leche y comienza a cenar. De vez en cuando, toma una que otra galleta, la remoja y se la come. Todo lo hace como si no fuera un ser humano, pues parece que dentro de él no hubiera nada más que mecanismos automáticos; él se encuentra en algún otro lugar muy alejado, ya sabemos dónde, nada más y nada menos que en el famoso limbo.

Se queda ahí por largo tiempo y no termina el cereal, que se remoja y parece una sopa de pasta. Tiene la mirada perdida, no piensa en nada en concreto y su mente vaga sin control porque él no está ahí para darle dirección. Luego da una vuelta por las calles aledañas y siente frío, pero no le importa. Camina sin rumbo determinado; la gente lo mira al pasar y se pregunta si no estará perdido. Los guaruras lo siguen a una distancia prudente como dos apariciones en la noche y él continúa deambulando por cerca de una hora, pero el frío lo regresa.

Prende la tv y no le presta atención, no hay nada que le interese, lo hace como un gesto para estar ocupado. La televisión hace lo mejor que puede para entretenerlo, pero es inútil. El aparato se queda ahí, solo, como si alguien lo hubiera plantado en un restaurante. Hace pasar a los personajes de la telenovela en curso, pone los anuncios programados y sube el volumen para llamar la atención, pero nada resulta: Juan tiene la mirada perdida.

Durmió una buena parte de la tarde y no tiene nada que hacer; de pronto recuerda algo que sí le interesa. Se dirige, un poco más animado, a buscar el álbum de fotografías. Lo encuentra en el buró del lado, donde dormía Isabel; lo extrae del cajón con cuidado y se sienta en la orilla de la cama con gran calma, después lo abre con mucho cuidado para no maltratarlo.

Va pasando las imágenes, deteniéndose en cada una todo el tiempo necesario para revivir en qué lugar estaban, qué hacían y tratando de no perder ningún detalle y, como para la mente no hay diferencia entre la realidad y el recuerdo, Juan las vuelve a vivir. Se permite esbozar varias sonrisas en las escenas que le divierten y esto lo anima un poco, haciéndolo sentir como si ella estuviera todavía con él. ¡Pobre!, lo único que le queda son sus recuerdos y esas fotografías, testigos mudos de aquel amor, prueba más que suficiente para saber que todo lo que vivió no es producto de su imaginación. Ya de madrugada, lo vence el cansancio y se queda dormido; en esta ocasión alcanza a jalar una cobija y pone su cabeza sobre una almohada. Al acostarse de lado ronca, pero ahora no está Isabel para darle un codazo en las costillas y que deje de hacerlo.

Se despierta ya tarde por la mañana, se da cuenta que su ropa comienza a apestar y decide darse un baño, pero no prende el boiler. Se quita lentamente la ropa y el agua fría lo sorprende y termina de despertarlo, pega un brinco al sentirla y se sobrepone unos segundos después. Regula su respiración, toma el jabón de baño y se limpia el cuerpo, pero se le olvida usar champú. La barba ha empezado a crecer, sale más alerta. El agua fría hace lo suyo y colabora para que Juan regrese al mundo de los vivos, sin embargo, aquello que lo tiene preso en ese lugar tan peculiar, es más fuerte que ella.

Se dirige al closet y toma el primer pantalón que encuentra, así como una camisa y no se da cuenta, tampoco le importa que no combinen; ahora siente que ya nada combina en su vida, así que, si la ropa no lo hace, este será el menor de sus problemas. No presta atención a nada, viste con un pantalón café, una camisa roja, unos calcetines de rayas y unos tenis, aquellos que usaba para correr, porque ha dejado de hacerlo, ¡a quién le importa!

Ya no va al partido ni a la escuela que con tanta ilusión impulsaron. No soporta la compañía, su madre lo visita a diario, compra la alacena, trata de sacarle plática, pero Juan solamente responde de mala gana: no está de humor, lo único que desea es que lo dejen solo.

Al salir, ella lo abraza y le dice que todo estará bien, pero Juan la mira con los ojos vacíos, sin vida, como diciendo, ¡como sea! Cuando don José Anselmo llega por la noche, ella propone contratar a las enfermeras. Llama a la casa de Juan y nadie contesta. Mañana se asegurará que esté bien cuidado.

Se presentan con sus uniformes entallados, dejando ver lo que la naturaleza les regaló. Ninguna de las dos es fea, una es morena clara, con el pelo negro, una buena dotación de curvas en los lugares adecuados y tiene un carácter alegre y juguetón; la otra es rubia natural, tiene ascendencia española, sus ojos azules dejan ver una gran vitalidad, su delgada figura muestra sus senos pequeños y no tiene unas nalgas espectaculares, pero sí un hermoso rostro de muñeca.

La naturaleza siempre trata de establecer un equilibrio. A la que no le da unas amplias caderas, le otorga unos generosos senos; a la de piernas muy flacas, le toca una cara bonita; a la que le tocó un cuerpo de tabla, le toca por contrapartida un carácter carismático y alegre y la de senos pequeños obtiene una cadera y unas nalgas de campeonato. Cada una tiene su propio encanto y, tarde que temprano, encuentra el amor de su vida o, al menos un esposo a veces decente, otras no tanto; algunas ocasiones con dinero, otras con carisma y carita, en fin, como bien dice el dicho: nunca falta un roto para un descosido.

Juan se encuentra sentado en uno de los sillones de la sala. Está despeinado, la barba le sigue creciendo y tiene unas ojeras pronunciadas. Lleva la camisa a medio desabrochar y los pantalones le quedan grandes; como no trae cinturón, da la impresión de mucho descuido, conformando así un cuadro patético. Cuando le presentan a las señoritas, Juan ni siquiera escucha sus nombres, aunque ellas hacen lo mejor que pueden para impresionarlo.

Jimena se queda para cubrir el primer turno.

–¿Hay algo en lo que pueda servirle, señor?

Juan la mira y solo mueve negativamente la cabeza.

Jimena se esmera preparando uno de sus mejores platillos y, media hora antes de que termine su turno, la comida está lista y calientita. Huele delicioso, pues ha preparado un caldo de verduras con un guisado de pollo en salsa hecha a mano; de postre, prepara natilla y luego invita a Juan a comer. Él se deja caer en la silla y observa cómo ella le sirve con gran entusiasmo, pero la mira sin ningún interés. Ella calienta las tortillas y las coloca dentro de un tortillero de tela; le hace una seña, como diciendo que puede comenzar a comer y le pregunta si le permite acompañarlo.

Juan la mira sin entender cabalmente lo que acaba de escuchar; ella espera y, finalmente, la información llega hasta el lugar donde se encuentra Juan José. Ella le hace una seña con la mano para que se siente, Jimena espera a que él comience a degustar lo que con tanto esmero ha preparado. Él la mira de nuevo, mete la cuchara en el plato y se la lleva a la boca; esta es la señal que ella estaba esperando y arranca con ánimo a saborear lo preparado. Lo prueba lentamente y cierra los ojos, ¡está riquísimo! Le echa un poco de sal y se lanza al ataque, mientras tanto, Juan se lleva la cuchara a la boca, pero la comida no le sabe a nada.

Rosaura hace lo suyo durante su turno y por la noche sale finalmente de la casa sin obtener ninguna respuesta por parte de Juan, pero no se desanima. Ambas están enteradas de la situación, así que no se darán por vencidas.

Juan no disfruta de la presencia de estas hermosas y jóvenes mujeres, lo único que quiere es estar solo. Día tras día se dirige al panteón, es el único lugar que le trae un poco de consuelo. A fuerza de ir una y otra vez, se ha vuelto una cara conocida para el encargado, a quien saluda alzando la mano y, si acaso, le regala una sonrisa. El encargado sabe que es un alma en pena y que necesita la soledad de las tumbas.

Se dirige inexorablemente al mausoleo donde descansa el cuerpo de su amada Isabel, ¡todo un monumento! Se sienta al lado de la tumba y le platica, uno empieza a dudar de sus capacidades mentales, pues parece que en verdad se está volviendo loco. Encuentra un poco de consuelo al lado de su amor y le dice todo cuanto se ha quedado pendiente, pero ¡¡ay!!, Isabel no contesta, ya no tiene boca para responder, no obstante, Juan actúa como si no lo supiera. Son sus únicas salidas, pasa mucho tiempo ahí, hasta que el agotamiento lo vence y tiene que regresar a esa casa, que ya no es y nunca volverá a ser su hogar.

Los días se convierten en semanas, Juan está demasiado flaco y ha tenido varios ataques en un tramo de tiempo corto. Las enfermeras lo atienden lo mejor que pueden, pero las cosas no mejoran y los padres de Juan están cada día más preocupados.

El problema vive en las entrañas de Juan, ya que cuando uno pierde el gusto por la vida, se va dejando morir de una forma u otra y contra eso no hay medicina que valga; por más que uno se esfuerce, no hay salida desde afuera: o encuentra una razón para vivir o irá más temprano que tarde a encontrarse con su amada y es lo que Juan está buscando.

El estado de Juan es tan delicado, que un día cualquiera cae en coma. En menos de lo que canta un gallo se encuentra en una ambulancia rumbo al mismo hospital donde había muerto Isabel. Lo internan de inmediato y le administran todo tipo de medicamentos. Sus padres están desesperados, hablan con los médicos, pero solo queda esperar a que responda.

Don José Anselmo da vueltas desesperanzado: ¡perder a su único hijo es algo impensable! Pero ya solo le queda esperar, porque todo está en manos de Dios. Eugenia sale disparada a la capilla y nuevamente se hinca en el reposador para suplicar fervientemente a Dios que salve a su hijo. La inamovible fe que profesa viene de una profunda angustia, porque ahora se trata nada más y nada menos que de su hijo, así que dicha intensidad no se puede comparar con las súplicas anteriores.

Le ofrece a Dios, a cambio del milagro, hacerle un altar en su propia casa y, al rezar, pone toda la carne en el asador. Su ofrecimiento no es poca cosa, un santuario en el lugar más íntimo, que es casi como invitar a Dios a formar parte de su familia: más no puede ofrecerle, no hay cosa más valiosa para ella. Vamos a ver si en esta ocasión Dios también hace los oídos sordos, como con Isabel, o si es verdad que posee el poder de que la muerte pueda dilatarse un poco, a pesar de que sabemos que nada ni nadie se escapa a su frío e insensible abrazo.

Juan está inconsciente, tendido en una cama fría y en un cuarto muy similar al que se encontraba Isabel antes de partir en compañía de La Parca. Todos los demás lo esperan con el alma en un hilo y las esperanzas jamás perdidas; sin embargo, Juan no está en la oscuridad, sino en compañía de Isabel, con quien platica como si nunca se hubieran separado.

Ella explica que su tiempo había llegado y que lo estará esperando más adelante, pero que antes, él debe seguir su vida porque, de no ser así, les será muy difícil volver a encontrarse, ya sea en las inmensidades del inconsciente o hasta la próxima vida, pues lo que existe entre ambos no puede terminar de esta manera, ¡eso sí que sería una verdadera desgracia! Esta es la condición que hay que cumplir y no sabemos quién la impuso ni tampoco cómo es que ella lo sabe, solo debemos recordar que Isabel se encuentra en una dimensión distinta, así que desde allá le trae estos designios a su amado.

Juan la abraza con todo su corazón y la llena de besos. Quisiera permanecer más tiempo a su lado, pero eso, como muchas otras cosas, no está en sus manos. Presiente que el encuentro llega a su fin, ella se aleja con una sonrisa y le da la espalda, Juan se da la vuelta en sentido contrario y cada uno se dirige a la dimensión que le corresponde.

Por la mañana, Juan finalmente sale del coma. Los médicos están contentos, ya podrán cobrar sus jugosos honorarios con pleno derecho; al menos han podido salvar a uno de los dos de la pareja de novios. Don José respira, aliviado, siente que las cosas irán a mejor y doña Eugenia está completamente feliz. De momento ha vuelto a olvidarse de Dios, pero más tarde, un poco más tranquila, recordará su promesa y la cumplirá.

Lo que desconocen es que Dios nunca se ocupó del asunto y la muerte no tenía nada que hacer; aquí la heroína fue Isabel, que le hizo ver a Juan que todavía no era su tiempo, pero así son las cosas: no será la primera ni la última vez que alguien haga caravana con sombrero ajeno. Uno empieza a sospechar cuál es la fuente de inspiración de los políticos, ellos sí que son expertos en estas artes.

Al final, Dios se queda con el crédito y la muerte, indiferente, se encoge de hombros y sigue con lo suyo; como ella sabe quién tiene el poder, no le importa presumir, eso, siempre se ha sabido que es un signo de impotencia e inseguridad

CAPÍTULO VII

INTOLERABLE

El director Rubén Castellanos resultó ser un lobo con piel de oveja, ya que se ha estado comiendo a Rebeca como pan de muertos y ella sin darse cuenta; pero después de tanto no obtener nada en concreto, llega a percatarse de lo que está ocurriendo. Ella está enojada y frustrada porque todos sus intentos de cambiar algo, cualquier cosa, por mínima que sea, se ven bloqueados o ignorados. Dejan que saque todo lo que trae, pero no logra ni una milésima de cambio. Le han estado haciendo robo hormiga, pues le sacaron la sopa y la han descubierto, ahora, tanto el inspector como el director ya saben qué tierra están pisando. Conocen los pensamientos de la maestra y llegan a la misma conclusión: ¡está loca! Hay que mantenerla bajo control y decirle a todo que sí para que libere sus ansias revolucionarias.

Lo que no entiende el director es que no la pueden encerrar en una jaula y mantenerla sedada por mucho tiempo. Ella no dice nada, no reclama, pero está tramando algo, ¡y ahora sí que la van a conocer! Está furiosa. Cuando el director sale a disfrutar su merecido descanso, aprovecha y cita a los padres de familia a junta extraordinaria. Está decidido: expondrá ante ellos algunos de sus puntos de vista y no la podrán silenciar, ¡ya verán!

Rebeca toma el micrófono, todos se sientan rápidamente y, en cuanto comienza a hablar, se escucha un chillido fuerte. Todos hacen un gesto de horror y ella aleja el micrófono de su boca; luego se desvanece el ruido y el profesor ajusta las perillas del amplificador.

–Primero que nada, quiero darles las gracias por su asistencia –empieza Rebeca –siempre es un placer contar con su presencia. Sean bienvenidos a esta, su escuela, ya saben que, sin su entusiasta y constante participación, no tendríamos los recursos suficientes para mejorar día a día.

Van agotando uno a uno los puntos de la agenda, después, Rebeca toma nuevamente la palabra y se lanza.

–Estimados padres de familia, como todos sabemos, la educación de nuestros hijos no es un asunto exclusivo del ámbito escolar, la mayor parte se lleva a cabo en cada uno de los hogares; ahí es donde nuestros hijos aprenden la mayoría de las cosas que tendrán una gran repercusión en su vida para convertirlos en personas de bien, creativas, amorosas, productivas y comprometidas con la sociedad. Es ahí donde aprenden el respeto a los demás, los preceptos morales del bien y el mal y la participación y colaboración con sus semejantes. Lo que quiero plantearles el día de hoy es un aspecto de ese legado que heredamos a nuestros hijos.

Rebeca continuó:

–Si observamos un poco la historia de la humanidad, nos daremos cuenta de que la mayor parte del tiempo hemos estado peleando unos contra otros y matándonos sin piedad por muchas razones. Está documentado que una de las principales causas de los conflictos bélicos ha sido, y sigue siendo, las diferencias religiosas. Cuando educamos a nuestros hijos como católicos, cristianos, judíos, musulmanes o bajo cualquier otra religión, estamos sembrando las semillas de la violencia, porque les enseñamos que las diferencias convierten a sus semejantes en enemigos y, por tanto, que tenemos el deber de defender nuestra fe. Me parece que tenemos que reflexionar al respecto y tener un debate abierto.

Esto decía su discurso cuando, el antes público participativo, ahora no dice una palabra y se siente un pesado silencio. Apenas pueden creer lo que la maestra dice. Muchos simplemente se salen con la expresión desencajada y sin decir nada, evidentemente molestos por lo que acaban de escuchar. Para ellos eso que dice la maestra, y todo lo que implica, va en contra de lo que consideran sagrado: sus creencias religiosas; después, alguien levanta la mano.

–A ver, maestra, ¿lo que nos está diciendo es que tenemos que abandonar nuestra religión y permitir que cualquiera convierta a nuestros hijos a otra fe?

Rebeca iba a contestar, cuando comenzaron a abuchearla y a gritar atea, traidora, corrupta y otras cosas. Ni siquiera le permitieron hablar, las cosas se pusieron feas y todos salieron echando pestes de ahí. La situación se había salido de control y no pocos salieron gritando: ¡está loca!

Rebeca se había excedido, pues había tocado uno de los puntos más sensibles en la mente de las personas religiosas y, por ende, fanáticas; cuando eso sucede no hay debate posible ni diálogo ni razonamiento, la gente simplemente enloquece y reacciona, la mayoría de las veces de manera agresiva y violenta, como es el caso.

Cuando regresó, el director mandó llamar de inmediato a la maestra y la interrogó sobre lo acontecido; ella no se inmutó, ya había tenido tiempo de sobra para asimilar lo ocurrido. El director estaba con la cara encendida de la rabia. Se le había escapado de sus manos y él, que pensaba que la tenía bajo control, ahora se daba cuenta de lo equivocado que había estado, al grado de pensar que tal vez el incidente incluso podría costarle el puesto.

–¿En qué estaba pensando maestra? –la cuestionó, impaciente.

Rebeca no dijo nada, solo se encogió de hombros.

–Puede retirarse –le gritó, entonces.

Al día siguiente ambos se encontraban en el sindicato y el secretario los estaba esperando.

–Mala cosa lo que hizo, maestra –exclamó el secretario –¿tiene algo que decir en su defensa?

–No tengo nada que decir –respondió ella –lo que reportan es exactamente lo que sucedió, ni más ni menos.

No se echaría para atrás, no era una cobarde.

–Lo que sí tengo que decir es que me han estado dando atole con el dedo con todo ese jueguito que montaron –prosiguió ella –¿pensaron que no me iba a dar cuenta?

Los confrontó y los tomó descuidados. El director tomó la palabra.

–Está usted mal interpretando la libertad que se le ha otorgado, maestra; parece ser que no comprende que todo tiene sus lineamientos y sus canales adecuados, pero ese no es el punto por el que estamos aquí –dijo esto y puso una carta en el escritorio –le pido que la lea por favor.

Leyó la carta y guardó silencio, después, el secretario dijo:

–No nos deja opción, sus acciones la condenan. Como podrá ver, no es un asunto del director o del secretario, usted misma generó este conflicto con los padres de familia a espaldas de las autoridades y sin ningún conocimiento del director, así que ahora tendrá que asumir las consecuencias de sus actos.

A pesar de aquellas palabras, Rebeca no estaba amedrentada.

–Como sea –dijo ella, se dio media vuelta y salió dando un portazo.

Después de muchas deliberaciones, llegaron a una conclusión: abrirían un nuevo departamento para que la maestra pudiera estar ocupada de manera inofensiva, se trataba del departamento de investigación escolar, donde se llevarían a cabo estudios y propuestas para mejorar las clases y los métodos de impartirlas.

Rebeca se cita con su amiga de la infancia en un parque. La tarde es clara y tibia, el sol no tardará mucho en ponerse; los niños juegan y los perros pasean al lado de sus dueños y el ambiente es relajado y tranquilo.

Rebeca mira llegar a su amiga a lo lejos, la abraza cálidamente, la levanta del suelo y le da unas vueltas; Cecilia se deja querer y le corresponde con un beso en la mejilla.

–Qué gusto, amiga, ¿cómo estás? –pregunta Rebeca.

–¿Cómo me ves? –responde Cecilia.

Rebeca la observa de arriba abajo, ¡se la quiere comer!, pues lo que se ve no se juzga: ¡chiquita!, piensa. Lleva puesta una falda corta, pegada al cuerpo, sus caderas y nalgas hablan por sí solas y un top blanco deja ver su hermoso talle de bailarina de ballet. Cecilia se da la vuelta y toma la mano de su amiga.

–Vente, vamos a ponernos al tanto.

–Empieza tú –le pide Rebeca.

–Corté con mi novio, se estaba convirtiendo en una relación enfermiza, así que hice de tripas corazón y le dije adiós.

Rebeca la mira a los ojos.

–Pues no te ves muy triste.

–La verdad es que me siento aliviada, tal como si me hubiera quitado un peso de encima. Sí estoy un poco triste, pero muy liberada.

–Te felicito, amiga –dice Rebeca mientras acaricia su brazo con ternura –él se lo pierde por pendejo –y ambas sueltan la carcajada.

–Pues sí, ¿qué se le hace? Gracias por los consejos, cuando estás así no es fácil ver lo que pasa –añade Cecilia.

–No hay de qué, para eso son las amigas.

–Ahora te toca, ¿qué cuentas?, ¿cómo van los pleitos en la escuela?

–Fíjate que me suspendieron y me dieron un dizque cargo en un área que es nueva, se trata de desarrollo de proyectos para mejorar la educación.

–¡Estupendo, amiga!

Rebeca de pronto frunce el ceño y agrega:

–No tiene nada de estupendo, los muy cabrones creen que me la voy a tragar, pero eso se acabó; me están poniendo en un lugar donde no pueda hacer nada y, la verdad, estoy hasta la madre –luego se queda pensativa por unos segundos y continúa –ya no sé qué hacer, nada de lo que hago funciona, todos son una bola de pendejos mal nacidos y no entienden o no quieren entender nada de nada, estoy desesperada y tengo muchas ganas de mandar todo a la chingada.

–¿Qué va a pasar contigo, amiga? –Cecilia quiere consolarla.

–No lo sé, ahora todo se ve muy oscuro. Estoy muy cansada, harta de todo este sistema de mierda y sus defensores de oficio.

Llegan a casa de Cecilia. Es la penumbra donde todas las cosas se confunden y cualquier cosa puede pasar. Cecilia le da un vaso con limonada y lleva otro para ella.

–Ya no quiero hablar de cosas tristes –dice Rebeca y la mira directamente a los ojos.

–Me parece bien –responde Cecilia –al diablo con el novio y el trabajo, ¡que se pudran en el infierno!

Están una al lado de la otra, Cecilia inclina su cabeza sobre el hombro de su amiga. La casa está en silencio, el clima es tibio y el sol acaba de desaparecer. Rebeca acaricia suavemente el cabello de su compañera de la infancia, ella se deja querer, se siente muy cómoda, siempre ha sido así desde que eran pequeñas. Rebeca le regala una delicada caricia, baja por el cuello y roza ligeramente sus senos, luego sigue por el delicado y suave torso y le hace cosquillas, Cecilia se ríe y se retuerce.

–Traviesa, ¡no tienes remedio! –le dice a Rebeca.

Sus frentes se unen y sienten las respiraciones agitadas. Rebeca acaricia sus labios y le da un beso. Un pensamiento pasa por la mente de Cecilia.

–¿y Nancy? –le dice en voz baja.

–No hay problema, tenemos libertad completa, misma que incluye consentir a mi querida amiga y consolarla por su reciente pérdida.

Apenas alcanza a decirlo, cuando sella sus labios con los de Cecilia. Mete sus manos en su pelo lacio y lo acaricia mientras la besa profundamente.

Cecilia se deja llevar y le corresponde; juntan sus cuerpos y quitan los excedentes. Tenían ese pendiente desde que sucedió aquel incidente, cuando eran niñas; ahora se dan gusto con todas las de la ley y eso hará que ambas se olviden de los problemas cotidianos.

En esta ocasión, solo diremos que después de un par de buenas horas, se encuentran desnudas en la cama, tomadas de la mano y mirando al techo muy relajadas, Cecilia le dice.

–¿Y qué hay de la mujer esa?

–¿Cuál?

–La hostess.

–¿Qué tiene? –todavía no le cae el veinte, pero de pronto sonríe.

–¡Traviesa! –responde Rebeca –también te gusta, ¿verdad?

Cecilia se encoge de hombros.

–¿Qué te parece si la seducimos? –comenta Rebeca, animada.

–No me molestaría –dice su amiga y sus miradas reflejan la conspiración que empieza fraguarse en sus mentes. Está decidido, nos divertiremos las tres a lo grande, ya verás.

Juan apenas la libró, bien sea porque en realidad ocurrió el encuentro en una dimensión diferente o como producto de su mente desequilibrada, eso no hace ninguna diferencia. Ha salido del coma, ahora tiene algo por lo cual vivir: la esperanza de encontrarse con su amada lo ha regresado a la vida.

Lo liberan de aquel lugar donde concurren el lujo y la medicina. Sus padres aprendieron una lección: se dedicarán a vivir momento a momento lo que la vida les permita estar en compañía de su amado hijo. Lo que acaban de experimentar los hace conscientes de que nadie tiene la vida garantizada; sin importar lo que se diga, un día estás como si nada y al siguiente día puedes estar tres metros bajo tierra.

Ya de regreso en casa, Juan por fin se toma la molestia de mirar a las enfermeras. No son feas y además son simpáticas. Cruza unas cuantas palabras con ellas, deja que le preparen la comida y comen juntos. Ellas están encantadas porque ya no es un muerto en vida. Juan regresó más maduro, no cabe duda: los chingadazos, o bien te matan o te fortalecen, como dijera Nietzsche.

Levantemos las copas para brindar por las cosas de la vida. Nos damos cuenta que lo que parece una maldición, una injusticia, puede ser en realidad, una bendición disfrazada. No cabe duda: la vida es mucho más amplia que nuestros limitados y pequeños horizontes, así que mejor nos dedicamos a vivirla en lugar de tratar de explicarla.

Y, volviendo a Juan, él no deja de pensar en Isabel, pero esos recuerdos ya no son un martirio, sino que se han convertido en su motivación y, hasta podríamos decir que está contento. Ese día, platica un momento con sus guaruras, que lo llevan a la sede del partido.

–Vamos a ver cómo están las cosas –dice, más animado.

Todos ahí lo reciben con mucho gusto y, hasta a sus más odiados detractores les da un poco de alegría. El partido es más dinámico con la presencia de personas como Juan, de otra manera, se vuelve pan con lo mismo.

Él se pone al tanto y pregunta por la escuela, pero hay malas noticias: el partido, una vez que le sacó todo el jugo, la dejó de lado y nadie se hizo cargo. Las clases son irregulares, no hay materiales didácticos, el mobiliario está en muy mal estado, y los pocos maestros que siguen ahí no reciben sus pagos de manera regular.

Apenas hay tiempo de hacer algo por la escuela, que está en las mismas condiciones que estaba Juan hace unos días: en estado de coma. Pero no es tan afortunada como él, pues el proyecto no tiene una Isabel para que mueva la balanza hacia su lado. La muerte espera pacientemente a que le llegue la hora de acabar con ella y solo un milagro puede salvar la escuela primaria Mao Tse Tung.

Esta es la tercera prueba que estábamos esperando para tener la certeza de que el amor que se profesan Isabel y Juan es real. La obra, nacida de su amor y, a falta de este, se marchita lentamente, como los niños que sin el cuidado y el amor de sus padres no pueden sobrevivir por ellos mismos.

Juan decide echar un vistazo para ver cómo andan las cosas en realidad, luego regresa pensativo al partido y se reúne con los encargados. Ellos hacen una lluvia de ideas y acuerdan que lo mejor es hablar con el Sindicato de Maestros para valorar si se pueden hacer cargo de la escuela e incorporarla como uno más de sus planteles oficiales; no hay antecedentes, pero nada se pierde con intentarlo.

Juan, junto con una compañera, asisten a la junta. El sindicato ha designado a Rebeca, pues recordemos que quieren mantenerla ocupada para que no dé más sorpresas por demás desagradables. Está desesperada y desmotivada y vive día a día. A su lado está una secretaria para levantar el acta.

Afuera está helado y encienden el calentón para que los asistentes no pasen frío; no sería bueno dejar una mala impresión a sus compañeros del partido, ya que siempre los han apoyado en las marchas y viceversa. La relación que mantienen es cordial y dinámica, así que el secretario cuida los detalles, al parecer insignificantes, pero importantes en la convivencia diaria.

Hay café caliente en una mesita y el secretario ha mandado traer una caja de galletas Mac Ma. La sala de juntas está alfombrada, las sillas tienen el respaldo y el asiento mullidos, además, estas sillas cuentan con descansabrazos para que los presentes no se vayan a debilitar con el paso de las horas. Siempre es impredecible en ese tipo de juntas la comodidad y la iluminación, aparte de otros recursos necesarios para el buen ambiente de las sesiones.

El secretario hace las presentaciones y los deja a cargo de Rebeca, encargada del departamento de recursos didácticos y proyectos creativos ¡Uf!

Juan lleva unos pantalones de mezclilla y una camisa negra. Este conjunto lo hace ver más joven de lo que es, pero su mirada y sus gestos denotan madurez. Cualquiera que pueda ver más allá de sus narices se da cuenta de que el hombre ha sufrido. Rebeca lleva una blusa azul y también unos pantalones de mezclilla; el conjunto deja ver sus encantos. Trae muy poco maquillaje, la juventud hace el mejor trabajo y se le ve la mirada decidida a pesar de lo aburrida y cansada que se siente.

–Muy bien –empieza Rebeca, aclarándose la garganta –me han informado que en esta ocasión nos honran con su presencia por el asunto de una escuela en un área marginal, ¿tendrían la amabilidad de explicar de qué se trata? Por cierto, hay café y algunas galletas, por favor, siéntanse con la libertad de tomar lo que gusten.

Juan José se levanta y se prepara un café; su acompañante le hizo segunda, en cambio, la secretaria ni siquiera lo pensó, pues tenía la idea que aquello era mayormente para los invitados y se supone que ella es la parte anfitriona. Rebeca los siguió de última, con aquel frío se le antojaba mucho un café bien caliente. Mientras todos se sirven, ella abre la caja de galletas y escoge unas cuantas, luego mira a la secretaria y se las acerca. Esta se atreve a tomar un par de las galletas que más disfruta, al fin ya están compradas y sería una pena desperdiciarlas. Todos se sirven a su gusto y el ambiente está tranquilo; no tienen que decidir nada importante, solo escuchar la propuesta del partido.

–Adelante compañero –Rebeca invita a Juan a comenzar.

–¿Le molesta que me siente mientras expongo el punto? –pregunta él.

–Para nada, por favor, está es su casa, ¡faltaba más! – y le señala su silla para acomodarse después a su gusto en la suya.

Juan se siente tranquilo, saborea el café y carraspea, después explica en detalle el proyecto de la escuela primaria. Al principio, Rebeca se muestra un tanto apática, pero a medida que Juan avanza en su explicación, se interesa más en lo que dice.

—No sabía que el partido se ocupara de estas cosas —expresó ella.

—Generalmente no lo hace —explicó Juan —es un caso especial. Fue una propuesta de una camarada y su servidor, desafortunadamente, ella ya no está con nosotros para continuar con lo que iniciamos y ya no sabemos qué hacer para que funcione.

Al decirlo, hace un rictus de dolor cuando menciona a "la compañera". Rebeca se da cuenta, pero tiene la delicadeza de no preguntar nada al respecto. No sabe a qué se refiere cuando dice que ya no está con nosotros; el rostro de él sugiere algo doloroso, así que decide no abundar en el punto.

—Lo que nos dice me resulta muy interesante, continúe por favor —declara Rebeca.

—En resumidas cuentas, esa es la historia y queremos saber si ustedes, como Sindicato de Maestros, podrían hacerse cargo de la escuela en todo sentido e incorporarla a las que ya existen, además, de ser posible nos gustaría evitar que semejante esfuerzo, el trabajo y tanto amor, resultaran tirados a la basura.

Rebeca toma nota de esto último: "tanto amor". Sería cauta para no caer en indiscreciones, pues parece que Juan estaba muy involucrado emocionalmente en aquella escuela. El tono de su voz, sus expresiones y todo en él denota que esto es algo más que un proyecto. A ella le da curiosidad, pero no pregunta nada; sería de mala educación interrogar a alguien que acaba de conocer.

Al terminar, Juan se deja caer en la silla y se ve como si hubiera terminado con una tarea muy difícil. Su semblante es una mezcla de alivio y tristeza; Rebeca lo mira con atención y toma la palabra.

–Lo que han hecho me parece muy valioso. En la actualidad, ¿se están dando clases en la escuela?

La compañera de Juan responde:

–Por el momento no, pero lograron terminar el año escolar en curso.

Rebeca continúa con las preguntas.

–¿Cuántos niños asisten a la escuela?

–Ese dato no lo tengo a la mano –responde la acompañante de Juan –pero se lo puedo hacer llegar junto con una copia de la documentación que tenemos.

–Muy bien –contesta, los mira y continúa –una vez tenga los documentos, los revisaré y presentaré su propuesta ante las autoridades competentes, aunque nunca se ha hecho esto, vamos a ver si es posible. En cuanto tengamos una respuesta, se las haremos saber, ¿les parece bien?

–Sí, ¡claro! –contesta Juan –¿me podrían dejar sus tarjetas para estar en contacto?

Ella extiende su mano y les entrega su tarjeta, por su parte, Juan saca su cartera, busca la suya y se la entrega. Rebeca la observa y piensa: qué raro, solo tiene su nombre y su teléfono

CAPÍTULO VIII
AMIGOS

Juan no pasa desapercibido; después de unos días, Rebeca toma la iniciativa y le habla por teléfono, esperando que su llamada no sea interpretada como algo más; lo único que quiere es satisfacer su curiosidad, ya que por alguna razón que desconoce, se siente interesada por ese hombre: es la primera vez que le sucede. El teléfono suena tres veces.

–Residencia de la familia Guardiola, ¿en qué puedo servirle? –se escucha al otro lado de la línea.

Rebeca se sorprende ante lo que acaba de escuchar. Esperaba que fuera Juan quien le respondiera, ¿qué era eso de residencia de la familia Guardiola? Su curiosidad ha crecido un poco más, lo siente en las profundidades de su mente como un ligero cosquilleo. Para ella, el pertenecer al partido comunista está asociado a carencia de recursos, pero, como en muchos casos, las suposiciones y las ideas preconcebidas sobre alguien o algo resultan quedar muy cortas con respecto a la realidad. Se recompone rápidamente y pregunta.

–¿De casualidad, se encuentra Juan Guardiola? –la misma voz le responde:

–El joven no está en casa, si me deja sus datos, le haré saber que lo llamó.

–Sí, claro, dígale que llamó la maestra Rebeca Bocanegra del Sindicato de Maestros y que si por favor me puede devolver la llamada.

–Le avisaré al señor en cuanto llegue, ¿algo más en lo que le pueda servir?

–No, espero su llamada, gracias.

Al día siguiente, Juan se reporta y quedan de acuerdo en reunirse a las doce en un café que se encuentra cerca de las oficinas del partido. Es ella la que sugiere esta posibilidad, porque desea estar en un ambiente más íntimo; también quiere conocer las instalaciones del partido.

Rebeca llega al café unos diez minutos antes, como es su costumbre. El lugar acaba de abrir, pero ya está todo en su sitio y listos para trabajar; tienen unas mesas en la acera, pero como el clima no está para esas, Rebeca se dirige al interior y escoge una mesita alejada del tráfico principal. Hay una ventana que le permite ver hacia afuera. Están tocando Imagina de John Lennon; cierra sus ojos y comienza a cantar en voz baja. Cuando termina la canción, se da cuenta que Juan está llegando. Faltan unos minutos para las doce y se pone de buen humor, así no le da tiempo de ponerse verde del coraje en caso que llegara tarde a la cita.

En cuanto entra lo saluda con la mano extendida; Juan se acerca y se sienta.

–Hola, ¿cómo estás? –responde, y también le ofrece la mano, que ella aprieta con firmeza.

El mesero les trae la carta.

–¿Desean algo de tomar? –se miran un instante y ella dice.

–En un momento, por favor –dice Rebeca y dejan a un lado la carta para comenzar a platicar de asuntos irrelevantes.

–¿Qué vas a pedir? –le pregunta Juan.

–Tomaré un chocolate caliente, me caerá bien con este clima.

–A mí me trae un café, por favor –dice Juan, dirigiéndose al mesero.

Está verdaderamente impaciente por tener noticias.

–¿Cómo te fue con lo de la escuela? –pregunta.

–Todavía no lo presento, tengo algunas dudas y pretendo que me las aclares.

–Por supuesto, ¿cuáles son?

Rebeca saca las copias de algunos documentos oficiales y le hace una serie de preguntas.

Llegan las bebidas, Rebeca se frota las manos para tibiarlas en el vaso y toma un sorbo del chocolate caliente. Casi se quema frente a Juan, quien, inmutable, solo pone azúcar a su café y se acomoda en la silla.

–Cuéntame de ti –le suelta Rebeca, –ya sabes, ¿cuál es tu puesto en el partido?, ¿cuáles son tus estudios? o ¿dónde vives?

Juan se rasca la cabeza y, a su vez da un sorbo al café.

–Estudié ciencias políticas y me interesé en las diferentes ideologías –respondió de forma natural – me pareció que el comunismo y el socialismo representan una manera más justa y sana de convivir unos con otros, por eso, en cuanto salí de la escuela, comencé a participar en el partido.

Rebeca no se aguanta y vuelve a preguntar.

–¿Sabes que las ideologías son una de las principales causas de la violencia entre los seres humanos?

–Lo sé –se queja Juan –he estudiado cuidadosamente la historia, que está plagada de violencia y, tienes razón, es una pena que no podamos convivir de una manera pacífica.

A él le llama la atención que Rebeca haga esta observación. Le cuenta que no está de acuerdo con el uso de la fuerza para hacerse del poder y promover cambios sociales; le dice también del incidente que se armó cuando él puso el punto en la reunión del partido y todo terminó en una bronca.

El interés de Rebeca va creciendo cada vez más.

–¡La armaste en grande! –exclamó ella –y continúa con las preguntas. –Dime algo sobre tu familia, cuando llamé me contestó un mayordomo, tenía la idea de que las personas del partido eran pobres.

–El partido tiene gente de todo tipo –se animó Juan. Se mueve en la silla para reacomodarse; da otro sorbo al café y acerca su rostro un poco al de Rebeca, como si fuera a hacer una confesión.

–Si bien es cierto lo que apuntas, entre sus filas hay intelectuales, profesionales y políticos.

–Pues no vi que llegaras en un auto del año –juega Rebeca.

Ahora Juan se pone serio.

–De momento no quisiera hablar sobre ese tema, pero tienes razón, no manejo, ni un auto de lujo ni de ningún otro tipo. Ahora te toca a ti: cuéntame.

Rebeca se siente emocionada, ¡este Juan le cae bien! Está cómoda a su lado y parece ser sincero.

–Pues bien, ¿qué quieres saber?

–Lo que me quieras contar.

–Como ya sabes –comenta, después de sorber nuevamente su chocolate y limpiarse la boca con una servilleta –soy maestra de primaria y me han dado un puesto fantasma dentro del sindicato para mantenerme vigilada y que no represente una amenaza ni una molestia.

–¡Ah! –exclama Juan –parece que no soy el único que la arma en grande –y se ríen.

Se interesa en la maestra, parece que tienen cosas en común. Tras hora y media, le comenta que le gustaría conocer la sede del partido.

–¡Faltaba más! –dice Juan animado –podemos ir ahora, si te parece.

–No tengo nada más que hacer, así que adelante –exclama ella.

Salen a la calle y se dirigen a tomar un microbús en la Calzada de Reforma.

—Tampoco veo tu auto —dice Juan, sonriendo.

—¡Claro que no!, ya ves, no eres el único —le dice entre broma y en serio.

—De momento, yo tampoco tengo ganas de hablar de eso.

Juan la mira con interés: ¿por qué será que no quiere hablar de eso?, se pregunta: no parece alguien que no pueda comprarse un auto.

Cuando llegan a las instalaciones del partido, las recorren juntos. Él le presenta a los compañeros y ella se sorprende ante lo que ve, pues no esperaba un lugar tan descuidado y sucio, así que se lo comenta a Juan.

—No te dejes engañar por las apariencias, todo es un montaje. El partido promueve una imagen protectora de los pobres, así que no se van a dar el lujo de tener un espacio al estilo burgués: no es que falte dinero, sino que es parte del disfraz que tienen que usar.

—¡Qué cosas dices! —Rebeca se ríe con ganas —eres un irrespetuoso, parece que no soy la única disidente.

—¿Qué te parece si comemos por ahí? — le propone Juan.

—Me parece perfecto, ya tengo hambre.

—¿Dónde te gustaría?

Ella se queda pensando un momento.

–¿Qué tal el vegetariano que está en el centro?

–Excelente.

Después de comer, pasean por las calles del centro de la ciudad. Juan le sugiere una tienda de dulces, están cómodos con la mutua compañía y le pide que le platique sobre los incidentes que ha tenido en las escuelas donde ha impartido clases, así es como pasan toda la tarde plática y plática. Poco a poco, a medida que van conociendo sus aventuras, les va quedando claro que en esa parte son muy parecidos. Esta pareja es algo que vale la pena contemplar, lo diferente es que entre ellos no está la tensión sexual; a ella no le interesan los hombres y él solo tiene corazón para Isabel. Se ven como una pareja de grandes amigos, además, no tienen que guardar ninguna apariencia o proyectar una imagen para agradar al otro.

–Mira, quién pensaría que, tras esa apariencia de niña sexi y superficial, está escondida nada más y nada menos que una rebelde.

Rebeca no acusa recibo del cumplido, pero se divierte.

–Pues no es así precisamente como me conocen.

–¿Y cómo te conocen?

–Adivina.

—No es tan difícil, puede ser que te digan inadaptada, tonta o cosas por el estilo.

—Me apodan "la loca".

Él apenas aguanta la risa y se cubre la boca para no soltar la carcajada.

—Ríete, no hay problema, ya estoy acostumbrada. La verdad es que no me molesta porque sé lo que está detrás. Ahora te toca a ti, cuéntame sobre tus irreverencias en el partido y también con qué apodo te conocen.

La está pasando a lo grande, hace tiempo que no se sentía tan contenta, parece ser que finalmente está conociendo a alguien de su especie.

—No tengo un solo apodo, depende de las circunstancias; en ocasiones me dicen reaccionario, en otras, reformista y cuando las cosas se ponen feas, soy conocido como sucio cerdo capitalista.

Se hizo de noche, están contentos y sienten como si se conocieran desde hace mucho tiempo: son muy afines. No habíamos visto reír a Juan José desde hace meses, pero en ese momento parece alegre y relajado en compañía de su nueva amiga. Por su parte, ella está animada y no muestra síntomas de aburrimiento: su energía ha regresado.

—Se nos fue todo el día, la verdad es que me la pasé fantástico, ni cuenta me di —dice Rebeca.

—Igual yo —responde Juan y la mira a los ojos. Ella no elude la mirada, lo que ve le gusta.

–Por cierto, ¿dónde vives? Le pregunta Juan José

–En Tlatelolco ¿y tú?

–En la colonia Guadalupe Tepeyac, rumbo a la Villa de Guadalupe.

Ella le extiende la mano y le dice:

–Ha sido un verdadero gusto.

–¡Nada! –le contesta él, animado –no pensarás que te voy a dejar sola a estas horas de la noche. Vamos a pedir un taxi, pasamos primero a dejarte y luego a mí: los dos vivimos por el mismo rumbo.

Ella bromea a continuación.

–Además de ser un sucio cerdo capitalista, también eres todo un caballero.

Y ambos sueltan la carcajada.

–Pues claro, ¿qué esperabas? –el cerdo capitalista en compañía de "la loca": qué bonita pareja la nuestra.

Dos días después, Juan le llama por teléfono y la invita a platicar; ella acepta encantada. Ambos se mueren por volverse a ver, no hay problemas de comunicación, tampoco malas interpretaciones ni dobles sentidos, son como dos almas gemelas. Le había ocurrido como cuando conoció a Isabel, que en un dos por tres ya se habían entregado el uno al otro, ahora es igual. Son como dos viejos amigos que se encuentran después de miles de años sin verse.

Rebeca sale del microbús dando brinquitos y, al verse, el rostro se les ilumina. Juan la invita a conocer su casa y a ella le encanta la idea, pues está fascinada con el sentimiento de cercanía que ambos tienen. Visto desde afuera, apenas si se puede creer, en cambio, visto desde adentro tiene un sentido perfecto: es como el reencuentro de dos almas antiguas. Por fuera son hombre y mujer, pero en el interior, son almas gemelas.

A Rebeca le encanta la casa de Juan, está asombrada, todo le parece cuidado al detalle. Tiene la certeza de que este espacio tan singular y único no puede ser obra de Juan. Hay cosas que como ya sabemos, no se pueden esconder por más que se intente y esa casita grita a todo pulmón: soy el resultado del amor.

Rebeca no se puede aguantar y exclama:

—¡Vaya lugar que tienes!

—¿Te gusta? —preguntó él, satisfecho.

—¿Qué si me gusta? Esto está más allá del gusto, es otra categoría, ¡me tienes que contar!

Juan se queda en silencio durante unos segundos y la mira a los ojos. Está decidiendo si abrirle su corazón y hablarle sobre lo ocurrido o guardar silencio como ha hecho con todo el mundo; mientras tanto, ella espera impaciente.

—Bien —dijo él por fin —voy a confiar en ti.

Ella, presintiendo algo importante, se acerca y lo toma de la mano.

–Ten confianza, tenemos que hacer caso a lo que nos dice el corazón –dice Rebeca en voz baja –estoy aquí para ti.

Ni ella misma se explica la razón de sus palabras. Acaban de conocerse y ya le habla como si fueran amigos de toda la vida. Está claro que no hay nada escrito en los asuntos del corazón.

Juan traga saliva, es la primera vez que hablará sobre su dolor. Lo que necesita es justamente eso: expresar lo que su corazón guarda en los rincones más profundos. Es evidente que le cuesta trabajo, pero está decidido.

–¿Recuerdas que te hablé del pleito en la reunión del partido?

Ella asiente con la cabeza.

En esa ocasión ingresó a las filas una camarada de apenas dieciocho años: Isabel. Las cosas se desarrollaron muy rápido, así como lo que tenemos tú y yo, pero con ella fue más bien una relación sentimental. Nos enamoramos y nos convertimos en mejores amores, ya sabes, así como hay mejores amigos…

–Sí, entiendo, no lo había escuchado, pero sé lo que quieres decir.

Como compartimos ideales, se nos ocurrió dejar de complicarnos la existencia con eternos conflictos y hacer algo creativo; fue entonces cuando surgió el proyecto de la escuela y a él le dedicamos todo el tiempo y energía para darle vida. Entre los dos elegimos esta casa; la arreglamos juntos y en ella tuvimos nuestros mejores momentos, los más sentidos.

Rebeca no dice nada y le dedica toda la atención.

–Después, ella tuvo un accidente en un microbús y resultó gravemente herida –continúa Juan –luego de hacer hasta lo imposible murió y yo me hundí en un pozo oscuro y profundo en el que casi muero también. Cuando estuve en coma, Isabel se presentó y me hizo la promesa de que nos reuniríamos en el futuro. Salí de la depresión y regresé a este mundo, no hace mucho que estoy de vuelta en las actividades.

Hubo una pausa de silencio por parte de Juan para retomar unos segundos más tarde.

–Cuando retomé el proyecto de la escuela, estaba hecho un desastre y por eso acudimos con ustedes con la esperanza de salvarla –continuó –esta casa y lo que sientes es producto del amor que nos tenemos.

Las lágrimas corrían por los ojos de Juan, por primera vez estaba expresando todo el dolor que tenía escondido en su alma. Rebeca tragó saliva, lo abrazó e inclinó con suavidad la cabeza de él al lado de su hombro.

–Lo comprendo Juan –contestó Rebeca emocionada –y agradezco profundamente que me hayas abierto tu corazón.

Juan no pudo más y lloró a grito abierto. Ella no lo interrumpió, sabía intuitivamente que tenía que permitir que él sacara por fin aquel terrible sufrimiento, así que solo lo acompañó en silencio. Después de unos minutos, Juan se tranquilizó poco a poco hasta que su respiración se hizo regular, mientras tanto, ella lo abrazaba tiernamente. Él, por primera vez desde la muerte de Isabel, se sintió liberado de una enorme carga, luego durmió recostado sobre las piernas de Rebeca, pues había quedado exhausto. Al despertar, lo primero que hizo fue disculparse y preguntar la hora.

–Son las diez y no tienes de qué disculparte. Me siento honrada por la confianza que has demostrado.

–No sé por qué contigo me siento confiado y tranquilo, tú me inspiras para eso –respondió Juan con una leve sonrisa.

Dos días después, están juntos nuevamente, pero en esta ocasión, fue Rebeca la que le abrió los secretos de su alma para contarle que tiene una novia mujer y le habla sobre sus crisis de ansiedad y lo que le sucede al trasladarse al más allá. Juan la escucha en silencio.

–De niña me decían santa por los efectos posteriores –explica ella.

Él, a su vez, le cuenta lo que pasa cada vez que corre y sobre sus ataques de epilepsia; los dos se rieron al final, luego, Rebeca añade:

—¡Por eso ninguno de los dos anda en auto! —y agrega —Te agradezco infinitamente que me escucharas y que no me hayas juzgado en ningún momento.

Mientras cenaban, ella le menciona que quiere que conozca a Nancy.

—Será un placer —responde él —sobre todo después de lo que sucedió entre ustedes: me parece extraordinario.

Al cabo de una semana se reúnen en casa de Juan. Nancy está fascinada, la casa es un monumento al amor y se percibe en ella una enorme calidez. Estuvieron juntos todo el día; salieron a comer al restaurante vegetariano, pasearon sin rumbo y regresaron por la tarde, Los tres conversaban fluidamente, cuando de pronto, algo sucedió. Rebeca se quedó en silencio, apretó el brazo de Nancy y ella supo que venía una crisis. Todo cambió muy rápido. Nancy se ubicó a la izquierda de su amiga y Juan estaba al lado derecho; ambos la tomaron de las manos, la respiración se alteró y llegaron las visiones de agonía.

Se veía a sí misma desde afuera, contemplaba como estaba en un patíbulo, amarrada de pies y manos, la gente en la parte de abajo le gritaba todo tipo de improperios, bruja maldita, perra desgraciada y cuanto más, le aventaban todo tipo de cosas, verduras podridas, excrementos, la escupían y una pila de troncos la rodeaba en sus pies y piernas, de pronto el verdugo le prendió fuego, pudo sentir como el calor se volvía intolerable, mientras el sacerdote la rociaba con agua bendita.

¿Qué habrá hecho esta mujer para que deba experimentar una serie de muertes sucesivas? Una y otra vez sufría la agonía de la muerte y no había nada que pudiera hacer; como compensación o por coincidencia, después de las crisis recibía aquel regalo: el paquete venía completo.

Cuando pasaron las visiones, Rebeca abrió los ojos y Nancy aprovechó para tomar de inmediato la mano de Juan, a quien hizo una seña para que la mirara a los ojos. Juan lo hizo sin dudar y sintió que se le iba el alma al cielo. Ella estaba penetrando en lo más profundo de su ser, luego se sobrepuso un poco y se abrió a ella. Sin saber en qué momento, se vio transportado a un espacio vacío.

Nancy miró a su alumna y se sumergió, Juan observó atentamente. La casa se veía de un rojo intenso, los muebles, las cortinas y todo a su alrededor, tenía un aspecto muy distinto, como si de pronto todo hubiera adquirido vida. Volvió la mirada hacia Nancy, no podía creer lo que veía, parecía un ángel. Su cuerpo era como música celestial y todo en ella era armonía; ella le devolvió la mirada y sintieron que eran un solo ser. No supieron cuándo se soltaron de las manos, el efecto estaba disminuyendo rápidamente y, al paso de los minutos, cada uno quedó extático ante lo que sentían, veían y escuchaban.

Rebeca, al contrario, seguía en aquel estado, la expresión de su rostro era irreconocible; después se levantó y se dirigió hacia el patio. Juan José abrió la boca por la sorpresa, ¿cómo era posible algo así? No tenía palabras para describirlo, solo miró a Nancy y ella asintió con la cabeza.

Rebeca permaneció inmóvil, sentada en el pasto y enfocó su vista al cielo. Así se quedó por horas. Mientras tanto, Juan y Nancy permanecieron abrazados en silencio, mirándose a los ojos eventualmente, no sentían necesidad de nada más.

Ya entrada la noche, Juan y Nancy la tomaron de las manos y la guiaron amablemente hacia adentro. Hacía un frío de los mil demonios y ellos no querían que le pasara algo. Juan prendió la chimenea y la casa se tibió rápidamente, después de hablar algunas palabras con Nancy, decidieron quedarse a dormir en la recámara de huéspedes.

Por la mañana, Juan les tenía listo un buen desayuno, pero casi no hablaron, no había nada que decir o, más bien, ninguna palabra podía expresar o explicar lo que habían vivido.

Juan no es el mismo hombre que convivió con ellas la tarde anterior.

–¡Ahora todo es tan diferente! –exclamó.

–Así es –dijo Nancy –¡Tan diferente como dos cosas pueden ser!

Juan se había transformado, ahora podía comprender que las cosas no son lo que aparentan; detrás de ellas, escondida por las formas, hay una energía vibrante, uniendo todo sutilmente. Cuando Juan José sale de sus crisis de epilepsia puede descubrir los puntos débiles de las filosofías sociales, pero lo que vivió con Rebeca era muy diferente: ella lo había transportado a otra dimensión y desde ahí pudo ver lo esencial.

Rebeca le había dicho que se trataba de una enfermedad, pero claramente no se podía comparar con lo que le sucedía a él, ¡eso sí que era una enfermedad! Lo que Juan no sabía era que, con sus ausencias se trasladaba a ese mismo espacio, pero no podía permanecer consciente en el proceso.

Sintió un profundo respeto por Rebeca e, incluso a Nancy la veía completamente diferente; ya no era solo alguien que acababa de conocer hace unos días, sino que la sentía muy cercana. Estaba por completo asombrado ante lo sucedido, ¿quién no lo estaría?

Como ya sabemos, las desgracias, en muchas ocasiones, no vienen solas y este es el caso de Juan. Sus padres estaban de viaje en aquel momento y su avión se estrelló. No hubo sobrevivientes, así, de la nada en un solo instante ya no estaban en este mundo. La noticia lo tomó por sorpresa y no supo qué hacer; en cuanto Rebeca y Nancy se enteraron, corrieron a su encuentro.

Los restos mortales de sus padres fueron trasladados a la funeraria Gayosso. La sala de velación es muy espaciosa, con una serie de sillones, de esos antiguos con un gran espacio para cualquier tipo de trasero y unos descansabrazos muy anchos. En el centro de la sala están los lujosos ataúdes de la mejor madera. Varias hileras de sillas más modestas complementan el espacio, que se encuentra a reventar. La gente pasa a darle el pésame a Juan José Guardiola.

Los asistentes, sentados en las sillas centrales recitan el rosario en voz alta:

Dios te salve María, llena eres de gracia, el Señor es contigo.

Bendita tú eres entre todas las mujeres, y bendito es el fruto de tu vientre, Jesús…

No sabemos si en verdad lo sienten o si es un montaje con el fin de impresionar y quedar bien con Juan; uno no puede dejar de pensar que son como las plañideras que se alquilan para que lloren a grito tendido por el alma del difunto y demostrar, de esa manera, lo amado que era.

Si uno presta suficiente atención, allá en la sombra, en un rincón, se puede distinguir la silueta discreta de la huesuda, que hace lo suyo y, de vez en cuando, mira a Juan José. Se le había escapado la última vez, gracias a la intervención de Isabel, y ahora, también le quieren arrebatar la escuela primaria. Lo observa como diciendo: no creas que ganaste, lo único que puedes hacer es dilatar lo inevitable.

Los enormes cirios que iluminan las cuatro esquinas de los ataúdes hacen oscilar sus bailarinas llamas y las cajas mortuorias de la mejor madera están cerradas por completo, ajenas a la costumbre de observar el semblante de los que ya partieron a través de un cristal o, en algunos casos, sin él. Esta vez no será así, los cuerpos están destrozados, así que dicha posibilidad queda descartada; se trata de una despedida de los seres queridos, no de una película de terror.

La velación se prolongará durante toda la noche, así se estila en el tiempo en que cohabitan nuestros personajes, hay que asistir a la velada sin llorar. Afuera, la gente viene y va, ellos con trajes negros y ellas con vestidos igualmente oscuros y una chalina para la cabeza; es impensable que alguien llegue al velorio con una camisa hawaiana y un pantalón amarillo. A un lado, recargados en la pared se encuentran las flores y las coronas, que llenan casi completamente la estancia a manera de no caber ni una más, todas cruzadas por una cinta con el nombre de quien las envía. La cinta nos recuerda a la ceremonia de investidura presidencial y esta, a su vez, a la ceremonia mortuoria.

No falta aquel que cuenta chistes en el vestíbulo, siempre sucede: parece que el miedo a la muerte hace que los mexicanos se rían de ella, aunque nadie engaña a la parca, ella sabe que conductas como esta son solo una demostración pura y llana de terror ante lo que no podemos controlar. Tampoco falta la mujer soltera o casada que siente una imperiosa necesidad de tener sexo, ¡y algunas lo llevan a la práctica sin importar las normas del decoro y las buenas costumbres! No es significativo que no sea su pareja habitual; puede ser el compadre o un amigo que no han visto desde hace tiempo. El deseo se apodera de las dos mujeres de tal manera, que no importa con quién lo hagan, cualquier lugar oscuro donde se pueda tener un poco de intimidad es bueno. La espalda contra la pared, los besos desesperados, las manos recorriendo los cuerpos casi con angustia. Las faldas levantadas, las pantaletas a las rodillas y la preocupación de ser descubiertas las excita aún más. Los miembros viriles en su máxima extensión entran y salen furiosamente. Ellas tienen que hacer un gran esfuerzo para no gritar por el placer tan intenso e inusual que sienten. Se muerden los labios, o lo que esté al alcance, a una de las mujeres le llega un pensamiento como un relámpago y le dice a su amigo. –¡Adentro no! –Casi como una súplica.

Él, está tan excitado que no comprende de inmediato lo que ella pide, súbitamente algo se ilumina en su interior, sale de ella y la voltea rápidamente, le inclina la espalda contra el mueble que tienen al lado, observa con deleite aquellas nalgas anhelantes y encamina su miembro empapado de los jugos del placer. Encaja las uñas y abre al máximo aquellas nalgas generosas y dirige su miembro con firmeza, ella está tan excitada que muerde el brazo de su acompañante para evitar gritar por aquel placer tan brutal, relaja las nalgas ante lo inevitable y aprende a disfrutar esas nuevas sensaciones. Su amigo termina rápidamente, ella se baja la falda y se dirige volado al baño, se encierra en un cubículo y su mano termina lo que había quedado inconcluso. Al final se alejan apresuradamente, intentando ocultar sus cabellos revueltos con las chalinas. Las lágrimas en los ojos y los rostros encendidos son recordatorios del placer remanente.

Al hacer esto, en realidad están retando a la flaca. El mensaje velado, detrás de esa necesidad tan intensa, es:

Para que veas, huesuda, si tú eres capaz de traer muerte, nosotras somos capaces de generar vida.

Las dos mujeres que se dejaron llevar tendrán a su debido tiempo, un niño y una niña, sin importar qué tan culpables se vayan a sentir porque no serán hijos de sus esposos, una de ellas no podrá explicarse como es que, aquello pudo ocurrir. pero la vida es como la muerte, no tiene consideración por nuestras expectativas, nuestra moral, ni por nada, lo único que le importa es que ella misma continúe; de hecho, la vida y la muerte son las dos caras de la misma moneda y la existencia, como siempre, tiende a equilibrar, así que la muerte se llevó a los padres de Juan y, en cambio, la vida obsequiará a esas mujeres con un niño y una niña recién desempacados.

En estos velorios suceden todo tipo de cosas, como las que estamos narrando y otras igualmente indecentes e inapropiadas. No falta quien aproveche la ocasión para cerrar algún negocio, pues en momentos como ese, los negociantes no tienen que salir corriendo a sus citas habituales y pueden hablar tranquilamente sobre las propuestas y condiciones, porque tienen la noche entera para hacerlo, así que, ¿por qué no aprovechar?

Los familiares que no se han visto en años, hacen acto de presencia y, por más ocupados que estén, no faltan a estos eventos tan importantes. Tal vez no asistan a un bautizo, una primera comunión e, incluso a un cumpleaños, pero es impensable perderse la despedida de un ser querido o no tan querido, aunque rico, como es el caso.

Pero no todo es falsedad y pretensión, pues hay quienes sienten la pérdida de una manera real y son esos los que verdaderamente eran cercanos a los occisos y los amaban. También están las personas como Nancy y Rebeca, que lo hacen por acompañar al que se queda en este mundo, porque saben que necesitará de su apoyo y solidaridad.

Por la mañana, muy desvelada, la comitiva se dirige en procesión, rumbo al panteón. Nadie se puede perder esta última oportunidad de ser notado, más aún si ya atravesaron por la terrible desvelada, aunque hay ciertos listos que le dan la vuelta: se presentan en la noche, se van a dormir y aparecen justo antes de la procesión.

La carroza funeraria se dirige lentamente al camposanto, seguida por una larga fila de todo tipo de autos. Ya en el panteón, son conducidos a la misma sección donde se encuentran descansando los restos de Isabel, ya que había sido enterrada en el área familiar, tanto así llegaron a quererla, igual que si fuera una hija más. Nunca imaginaron que en tan corto tiempo estarían acompañándola. Todos llegan en silencio, el sacerdote pronuncia el último adiós y las palabras de consuelo para Juan, palabras que no le sirven, pero son parte obligada de los rituales funerarios, por ende, todos tienen que soportar, estoicos, pero están impacientes por retirarse a echar una buena siesta.

El momento más álgido suele ser cuando empiezan a bajar los ataúdes. Algunos arrojan flores, otros un puñado de tierra o alguno que otro suelta el llanto; Rebeca y Nancy toman de las manos a Juan, que se permite derramar algunas cuantas lágrimas.

Han pasado unas semanas desde la muerte de los padres de Juan y, aunque naturalmente está triste, no se compara en modo alguno con lo que le sucedió con la partida de Isabel. Rebeca y Nancy están pendientes de él; todos los días lo visitan y lo alientan. Él se descarga emocionalmente a través de ellas, además, no es el mismo Juan, ya no ve a la muerte como el final de todo o como un callejón sin salida: la huesuda nunca más podrá engañarlo.

Desde la crisis de Rebeca, ve a Nancy muy diferente. Se llevan a las mil maravillas y el sentimiento es mutuo; Juan siente que de alguna manera está traicionando a Isabel, pues se encuentra confundido e inquieto, tanto así, que decide ir al mausoleo para platicar con Isabel y, de paso, dar una vuelta a sus padres, así mata dos pájaros de un tiro.

El cementerio no le provoca miedo, como a muchas personas, él se siente a gusto en aquel silencio mortal. Entra en la mansión mortuoria de su amada y le cuenta todo lo que ha sucedido desde que conoció a Rebeca y se toma su tiempo para no perder detalles, pero Isabel no le contesta. Al final, le dice que se siente muy emocionado con Nancy y que se lo pasa muy bien con ella. Antes que cierren, va con sus padres y les agradece profundamente su amor y su cuidado; agrega también que siempre estarán en su corazón y después llora amargamente su pérdida y sale de ahí con los ojos hinchados.

Se acuesta temprano y duerme profundamente. Ya entrada la noche, sueña con Isabel. Andan juntos por el campo, correteando y jugando como si nada hubiera ocurrido; curiosamente, no se comunican con palabras, sin embargo, Isabel se ve muy feliz. Juan se atreve a decirle de Nancy nuevamente. Ella lo mira de lleno a los ojos, le sonríe y mueve la cabeza de arriba abajo, dándole a entender que lo que siente está bien; que tiene que seguir con su vida y no endurecer su corazón, de no hacerlo de esta manera, el encuentro pactado jamás se produciría, ya que es necesario llegar entero e intacto, de modo que lo invita a entregarse a Nancy sin ninguna reserva y ninguna culpa, porque eso no puede afectar el amor que se tienen. Todo esto se lo dice con la mirada, sin necesidad de palabras, así como hacen los enamorados en la cúspide de su amor.

Ya por la mañana, recuerda a la perfección su sueño y no hay necesidad de interpretarlo; es una de esas pocas veces en que los sueños no se disfrazan con una gran cantidad de símbolos, como jugando a las escondidas. Fue un sueño nítido, sin nada que dejar a la interpretación, lo que nos lleva pensar que, en realidad no fue un sueño, sino un encuentro entre dos amados que han podido comunicarse desde dos dimensiones distintas. Como sea, Juan se siente completamente liberado de la culpa y, ahora, su corazón está nuevamente con la posibilidad de amar sin reserva, cosa que le hace sentir muy optimista.

Lo que le sucede a Juan es que está enamorado de Nancy, ¿quién iba a pensarlo?

Hay una cosa más que inquieta a nuestro Juan y es que él sabe que Nancy es la compañera sentimental de Rebeca y no quiere que esto vaya a acabar en un desastre. Siente que Nancy le corresponde, pero no quiere traicionar a Rebeca. Tiene un profundo respeto y un inmenso cariño por ella, los mismos que no se pueden expresar con palabras, pero lo que siente por Nancy es amor de pareja. No le queda otro remedio, tendrá que hablarlo.

Cita a Rebeca, precisamente para hablarle de ello y, cuando piensa que es el momento adecuado, le dice.

–Hay algo de lo que quiero hablarte.

–Adelante, ya sabes que podemos hablar de cualquier cosa –responde ella, tranquila.

–Se trata de Nancy.

–Sí, ¿qué hay con ella?

—Desde el incidente contigo, siento que algo cambió entre nosotros.

Juan está nervioso por la respuesta que pueda obtener de su amiga y la espera, muy atento a sus reacciones.

Rebeca sabe de lo que está hablando, lo ha vivido en carne propia, es más, antes de que Juan se atreviera a hablar sobre esto, ellas ya habían abordado el tema; sin embargo, lo deja continuar. Juan se mueve de un lado a otro de la silla, esto divierte un poco a Rebeca, pero guarda silencio.

—Continúa —lo anima.

—Pues bien, lo que pasa es que ha nacido un sentimiento que me parece que es mutuo y, como es tu compañera sentimental, la verdad es que no sé qué hacer, por ese motivo mejor te lo expongo de manera directa, pues valoro demasiado nuestra amistad como para ponerla en riesgo por cualquier cosa.

Ya es suficiente, piensa Rebeca.

—Mira, Juan, te agradezco que lo digas abiertamente, eso habla mucho de ti. Lo que existe entre Nancy y yo está más allá de lo que la gente conoce como una relación de pareja; si bien, es cierto que nuestro amor es profundo, lo que tenemos no es para nada convencional. Lo que nos une está más allá de los celos, la posesividad o la exclusividad, así que tenemos libertad total. Por mí no te preocupes, no hay manera de que puedas traicionarme o cosas por el estilo: ambos tienen total libertad de hacer lo que les dé la gana, lo que su corazón les dicte, es más, si establecen una relación, eso hará que la que ya tenemos crezca en lugar de disminuir. Me atrevo a hablarte de esta manera porque sé que lo puedes comprender.

–¡Adelante! –continúa Rebeca –para mí es una enorme alegría que estén juntos y se expresen su amor, es más, te voy a decir la verdad: antes de que me abrieras tu corazón al respecto, Nancy y yo ya habíamos hablado de esta posibilidad.

Juan José se sorprende ante aquella revelación, no se lo esperaba. Ahora no le cabe duda de que aquellas mujeres van por delante de él.

CAPÍTULO IX
UNA IDEA CLARA

Rebeca y Juan están en la casita de los enamorados; todo está claro y en orden, entre ellos no existen mentiras ni engaños y no hay necesidad porque se aceptan plenamente, con todos sus defectos y virtudes. Con el tiempo ellos se han vuelto mejores amigos y Nancy y él mejores amores.

Aquel día, la charla gira en torno a la visión de Rebeca con respecto a la educación.

—¿Te das cuenta? Si modificamos la educación de los niños pequeños entre su nacimiento y los doce años, en una generación podemos cambiar el mundo. Los maestros de primaria tienen una enorme responsabilidad y poder, pero no se dan cuenta; se alinean con el sistema establecido y, de esa manera todo sigue igual, al menos tú en el partido luchas por cambiar las cosas.

—No creas —resopla Juan —la verdad es que está demostrado que el comunismo no ha funcionado y son incapaces de aceptar cualquier otra cosa que sea diferente a sus ideas fanáticas.

Rebeca está completamente harta de aquella lucha estéril. A lo largo de los años no ha logrado absolutamente nada y se siente sumamente perdida. Juan la mira y en ese mismo instante le llega uno de sus momentos de inspiración.

—¡Ya sé! —exclama con la cara iluminada —lo que hay que hacer es dejar de luchar contra esa bola de pendejos, ya que lo único que se logra es crear enemistades y que te metan en un cajón. Te desgastas y tu energía se pierde en la nada, porque luchar con ellos y con el sistema solo conduce a la frustración y al enojo y, además, como dice un amigo: Hacerle caso al necio es engrandecer al pendejo, de manera que lo que hay que hacer –revela muy emocionado– es tener nuestra propia escuela.

–¿Cómo? –pregunta Rebeca con gran interés.

–Así, a la brava: vamos a armar una escuela con todas las ideas que tienes y lo llevamos a la práctica, ¿qué te parece?

–Me encanta, pero ya ves lo que sucedió con la escuela que fundaron Isabel y tú, que está al borde de la muerte, y por añadidura se requiere una gran cantidad de recursos.

Juan le arrebata la palabra.

–¿Por qué no le damos la vuelta al sistema y nos enfocamos en crear algo? –No lo habíamos visto tan emocionado– ¿por qué no hacemos algo nuevo, algo que jamás se haya visto.

Rebeca no quiere dar rienda suelta a su entusiasmo y presenta los argumentos que ha recibido a lo largo de los años.

–Si hacemos eso, necesitaremos la aprobación y certificación de la SEP y, por ende, tendremos que seguir sus programas de estudio, así como las formas de evaluación. Al final vendría a ser pan con lo mismo, pero digamos que nos saltamos esa parte y que hacemos lo que nos da la gana; esos niños nunca podrán integrarse a la sociedad, no tendrán trabajo en ningún sitio o se volverán unos inadaptados.

Juan se acomoda en el sofá y la escucha con suma atención.

—Tienes toda la razón, entonces, lo que hay que hacer es crear a su alrededor un ambiente con una sociedad que pueda ser consecuente con la educación que se les proporcionará, porque ciertamente los niños no pueden estar aislados, eso sería una catástrofe. ¿Qué te parece si no solamente creamos una nueva forma de educación, sino un modelo de sociedad?, de esa manera matamos dos pájaros de un tiro. Entre los dos podemos crear los cimientos de una nueva forma de vivir.

Rebeca le contesta:

—Estás loco —y sonríe. Juan capta la broma y juega.

—¡Mira quién lo dice! —y ambos se ríen con ganas.

—Para hacer lo que sugieres se requiere una cantidad inmensa de dinero, y eso solo para iniciar como un plan piloto, algo así como una colonia experimental. Nadie en este mundo estaría dispuesto a dedicar sus recursos para una idea así, ¡suena tan bonito!, pero me parece que estamos hablando en el vacío.

Él nunca se sintió tan contento y emocionado con una charla o con una idea y está que brinca. Se mueve entusiasmado de un lado al otro.

—Te equivocas. Sí hay alguien dispuesto a invertir todo lo que sea necesario en un proyecto así —declara Juan y, sin dejarla preguntar, se señala con el dedo.

Ella pone cara de: what?, pero Juan continúa.

—¿Recuerdas que te comenté que mi familia tiene recursos?

—Sí, claro —asiente Rebeca.

—Pues resulta que soy el único heredero de su fortuna y, lo creas o no, tengo los recursos necesarios para llevar a cabo nuestro proyecto: ¡lo haremos en grande, ya verás! Mi padre, ahora lo sé, era uno de los hombres más ricos de América Latina —y, en esta parte, empuña la mano derecha y se soba el pecho, como presumiendo. Apenas le cabe el alma en el cuerpo de lo feliz que se siente.

Rebeca se queda muda y no sabe qué decir: cosa por demás extraordinaria, dejar sin habla a Rebeca Bocanegra, es todo un evento. Por un lado, se siente aturdida ante lo que acaba de escuchar y, por el otro, está a punto de brincar de felicidad.

—Lo que te propongo es que mañana mismo renuncies a tu plaza de maestra, que yo haga lo mismo con mi nombramiento en el partido y que nos dediquemos, mi querida Rebeca, ni más ni menos que a hacer historia.

Ella ya no se puede contener, se levanta y comienza a bailar de un lado al otro, ¡no lo puede creer! Juan la toma de los brazos y comienzan a brincar de alegría.

En eso llega Nancy y piensa que algo malo está sucediendo, porque abre la puerta y los ve saltando y gritando como locos. Se queda ahí parada, tratando de entender lo que ve, pero su mente no acaba de acomodar y darle sentido a la escena.

Ellos, al verla, la toman de las manos y comienzan a dar vueltas con ella, están como locos. Nunca, ninguno de los dos se había sentido tan feliz. Poco a poco se calman los ánimos; ambos tienen lágrimas en los ojos, se limpian el rostro y tiran de Nancy hacia los sillones. Están tan emocionados, que se quitan la palabra para tratar de explicarle lo que acaban de acordar. Nancy grita:

–¡Un momento, no entiendo nada! Si no dejan de hablar los dos al mismo tiempo, no puedo saber lo que están diciendo.

Entonces, se obligan a guardar un poco de compostura. Voltean, se miran a los ojos y Nancy les da a entender que comiencen.

Entre los dos le explican lo que están tramando y ella se queda con el ojo cuadrado. Comprende, entonces, por qué gritaban y bailaban, pues aquello, en realidad es algo enorme, ¡grandioso! Una vez enterada, Nancy empieza a hacer preguntas que entre los dos le van aclarando, luego, Rebeca comenta:

–¡Pidamos unas pizzas y algo de tomar!, ¡la cosa está que arde!

–Excelente –dice Juan, sale corriendo y les pide a sus hombres que se hagan cargo.

Una vez que a Nancy le queda claro todo, se levanta y comienza a brincar; después se le unen Juan y Rebeca y aquello se convierte en una fiesta.

Tienen hambre, de modo que cuando llegan las pizzas, se sientan a la mesa y devoran los triángulos sin dejar de hablar de los generales. Juan se aseguró de que sus hombres, que están afuera, tuvieran también la misma cena, ¡faltaba más!

Se pasan la noche hablando y planeando, pensando en todas las posibilidades y las dificultades que pudieran enfrentar. Al amanecer, por más que quieran, están exhaustos, no tanto por la desvelada, sino por el desgaste emocional que tanta felicidad requiere. Acuerdan algo en concreto: harán un borrador, en el pondrán lo esencial, tanto en lo que respecta a la educación, como en lo que se refiere a la nueva sociedad.

Al día siguiente, Rebeca entrega la carta de renuncia a su plaza de maestra. Oficialmente se encuentra fuera del sistema educativo y el secretario apenas puede dar crédito a lo que lee.

—¿Me puede decir a qué obedece esta decisión tan impulsiva?

—La verdad —le arroja en la cara Rebeca —ya me tienen hasta la madre con sus pendejadas y su mente de burócratas retardados. Me resulta imposible hacer algo creativo con el pinche sistema de mierda que tenemos y ya no estoy dispuesta a participar más de esta farsa, simplemente no puedo más, así que aquí está mi renuncia y le pido que se guarde sus palabras, que a nadie engañan.

Se dio la vuelta y azotó la puerta tras de sí.

El secretario, asombrado, suspira, lo hace profundamente. Se siente aliviado y feliz con la noticia, de manera que ya no tendrá que ocuparse de esa loca, además, tendrá una plaza libre para hacer de las suyas: se la pasará a un pariente, la usará para ganar poder o para cualquier cosa que le represente algún beneficio personal, hasta ahí llegan sus maravillosos pensamientos, al pobre no le da para más, después de todo, ¿qué se le puede pedir a un secretario general del sindicato de maestros a nivel nacional?

Rebeca se siente liberada, todo lo que la estaba mermando y restando energías ha desaparecido como por arte de magia. Por primera vez siente que ha encontrado el sentido de su vida; participará en algo para hacer realidad sus sueños y no cabe en el cuerpo de tanta alegría. Aprovecha los siguientes días para poner en orden sus ideas y darles una presentación coherente, porque es hora de reunir todas las piezas del rompecabezas.

Por su parte, Juan ha renunciado al partido comunista. Algunos se alegran, a otros les pesa, otros más se muestran indiferentes y los que simpatizan con sus ideas le preguntan por las razones reales de su decisión. Se ve muy luminoso, no lo habían visto así desde lo días en que Isabel y él vivían en esa maravillosa dimensión llamada enamoramiento.

–Se viene algo grande, ya verán, es espectacular –les dice y ellos lo miran sin saber de qué se trata, lo abrazan y le desean lo mejor. Estarán en contacto.

Por primera vez se interesa en los asuntos monetarios. Se reúne con las personas encargadas de la administración de la fortuna de su padre y se da cuenta que don José Anselmo ha cuidado todos los detalles para que nadie le pueda arrebatar su herencia y ha puesto toda una serie de candados para que no lo engañen, lo desfalquen o lo despojen de lo que le pertenece, los mexicanos somos muy creativos para buscar maneras de arrebatar a otros lo que es suyo, ya sea a través del robo hormiga, el elaborado engaño, la fachada ficticia, el compadrazgo o lo que sea, todo vale, pero dentro de lo posible y razonable, el padre de Juan ha dejado seguros por todos lados.

También dedica su tiempo a poner en orden sus ideas revolucionarias para darles pies y cabeza y Nancy lo acompaña a todos lados. Nunca se imaginó que su vida cambiaría de semejante forma una vez que, por azares del destino, se encontraría con la maestra y la alumna.

Rebeca llamó a su borrador: Fundamentos de la Educación del Mañana y en el esboza una serie de principios sobre los que descansará lo que sería la nueva educación. En esta primera aproximación, enumera las cosas negativas, es decir, lo que no deberá tener el nuevo sistema de educación. El documento dice así:

Fundamentos de la Educación del Mañana

Artículo primero: No estarán incluidas las ceremonias que honren o estimulen el sentimiento de patriotismo en los educandos, tales como el saludo a la bandera, el himno nacional o las efemérides de los héroes nacionales.

Odia tanto el himno, que lo pone a la cabeza de las cosas que no se deben hacer.

Artículo segundo: No habrá referencias a ningún sistema religioso o creencia, ya sea de manera explícita o implícita.

Artículo tercero: No existirá ninguna clase de discriminación, ni habrá segregación por motivos tales como el género, el estatus social, el lugar de nacimiento, el color de la piel o las capacidades intelectuales.

Artículo cuarto: La educación no contendrá elementos de coacción o miedo.

Artículo quinto: No se llevará a cabo la evaluación del aprovechamiento y aprendizaje con sistemas que enaltezcan e impulsen a unos cuantos en perjuicio de la mayoría.

Artículo sexto: La educación no estará basada en la competencia, sino en la colaboración. La competencia solo deberá ser impulsada como un juego, no como una realidad en sí misma con un valor intrínseco, sino única y exclusivamente como un recurso didáctico y motivacional.

Artículo séptimo: La educación no deberá estar enfocada en tener éxito en la vida, sino en el desarrollo de cualquier tipo de actividad que conduzca al individuo a su plena realización como ser humano, sin importar de qué ocupación se trate y todas las actividades deberán ser consideradas con el mismo valor.

Artículo octavo: No deberá contener elementos de comparación entre los individuos, sino que hará énfasis en la individualidad de cada ser humano y en sus características de ser únicos e irrepetibles.

Artículo noveno: La obediencia no será un factor válido en el desarrollo de los educandos.

Artículo décimo: La disciplina no podrá ser impuesta a nadie de manera forzada y se impulsará su desarrollo mediante la comprensión de su valor intrínseco.

Artículo décimo Primero: no se forzará a nadie a tener respeto sin fundamentos hacia los maestros y tampoco se promoverá la falta de respeto a los mismos. Este aspecto surgirá -o no- del comportamiento de los profesores hacia los alumnos, es decir, tendrá que ser una consecuencia natural de la actuación de los docentes.

Artículo décimo segundo: No se obligará a los alumnos a creer en lo que no conocen o no se les enseña.

Artículo décimo tercero: La ambición no será parte del nuevo sistema educativo, pues el enfoque no será el tener más de cualquier cosa como el dinero, poder, prestigio o posición social.

Artículo décimo cuarto: No se propiciará la conformidad y la homogeneidad, sino que se respetará la individualidad y la originalidad.

Artículo décimo quinto: Los educandos no estarán confinados en espacios cerrados.

Artículo décimo sexto: la educación no tendrá un carácter obligatorio.

Artículo décimo séptimo: Los educandos no tendrán que usar uniforme.

Artículo décimo octavo: Nadie tiene la última palabra, ni existe la verdad absoluta.

Artículo décimo noveno: Los programas no deberán ser rígidos, todo lo contrario: podrán modificarse de acuerdo con el momento, la situación y/o la circunstancia en particular.

Artículo vigésimo: Se promoverá abiertamente el debate, la discusión y el cuestionamiento para llegar a conclusiones que concuerden con la realidad.

Juan, por su parte, se permite esbozar los lineamientos generales de lo que a su juicio debe reunir una sociedad más justa y humanitaria. Lo llamó Conceptos de una nueva forma de vivir en sociedad:

Conceptos de una nueva forma de vivir en sociedad

- Sin cabida para las religiones.
- Sin países, ni fronteras.
- Sin propiedad privada.
- Sin dinero para acumular.
- Control de la población basado en la riqueza y en la abundancia.
- Habitación, comida, ropa, educación, servicios médicos garantizados de por vida.

- Sin matrimonios, ni familias.
- Libertad personal de movimiento, pensamiento, acción y crítica.
- Respeto por el medio ambiente y uso de los recursos naturales.
- Sin discriminación de ningún tipo: ni color, estatus social, género, capacidades, actividades o edad.
- Gobierno basado en la meritocracia,

- Sustentada en la colaboración en lugar de la competencia.
- Actividades laborales con igualdad de valoración,
- Fundamentada en el desarrollo de la tecnología.
- Sin ejército.
- Sin adoctrinamiento de ningún tipo.
- Valoración del cuestionamiento en lugar del conformismo.
- Sin anhelos de expansión y conversión.
- Sin aislamiento: Abierta a todos y todo tipo de influencias.

Los artículos que presenta Rebeca hablan por sí mismos, pero los que Juan anota, requieren de una explicación más amplia. Nancy le dice:

–¿A qué te refieres con que "no habrá cabida para las religiones"? Desde mi punto de vista, es imposible que la gente abandone sus creencias que, una vez adquiridas, forman parte de la estructura de su carácter.

–Lo que quiero decir –explica Juan –es que no se promoverá ninguna religión oficial ni se permitirá la existencia de organizaciones religiosas, cada uno es libre de creer en lo que le dé la gana: eso no se cuestiona. Todos sabemos lo que la religión organizada ha representado en la historia de la humanidad: solamente una serie interminable de conflictos, guerras y calamidades –concluye.

Rebeca cuestiona:

–¿Y eso de "sin países ni fronteras", aplica en el caso de varias sociedades? Recuerda que lo que estamos intentando es una colonia.

–Lo escribí pensando en la humanidad en su conjunto –Juan continúa con su explicación –las divisiones políticas en los países han causado un enorme daño, muy similar al que la religión ha promovido. Esa frase se refiere, obviamente, no a un estado inicial del proyecto, sino que está pensada para el futuro, cuando existan una serie de comunidades que necesariamente tienen que formar diferentes grupos por cuestiones funcionales, así que desde ahora propongo que este punto quede claro y que las diferentes células, colonias o, como queramos llamarlas, no se consideren como separadas, sino como parte integral de un solo conjunto.

–¿Qué significa "sin propiedad privada"?, ¿es que las personas no podrán tener nada, por ejemplo, ropa, muebles o libros? –quiere saber de nuevo Nancy.

–Lo que quiero dar a entender es que las personas no podrán reclamar como suya la tierra, los recursos naturales o los servicios; estas cosas pertenecen a todos, de esa manera evitamos que una pequeña parte de la población, los más ambiciosos, abusivos y los más enfermos mentalmente, se apropien de recursos que les permitan explotar a sus semejantes. Las cosas personales, como las que señalas y muchas más, podrán ser pertenencias individuales.

Otra vez Nancy pregunta:

–¿Qué significa: "sin dinero para acumular"?

–Bien –dice Juan –es obvio que necesitamos el dinero como un símbolo internacional de intercambio de todo tipo de bienes y productos, porque sin él no podríamos establecer relaciones comerciales y de muchos tipos con las sociedades existentes en la actualidad; está claro que necesitamos dinero para todo eso, pero dentro de la pequeña célula que vamos a crear, no es necesario tenerlo, ni acumularlo para el futuro, pues los bienes, servicios, inmuebles y recursos son propiedad de todos y de nadie en particular, así que para su uso no es necesario el dinero, pero para todo lo demás sí lo es. Más o menos a eso se refiere esa cláusula, pero por supuesto, habrá que ajustar todo esto de acuerdo con las necesidades que se vayan presentando.

Lo que estoy proponiendo es más como una dirección o un sentido general –prosigue Juan –y menos como mandamientos que tienen que seguirse al pie de la letra. No es como El libro rojo de Mao o El Capital de Marx; en este modelo social no existen fórmulas fijas ni predeterminadas que se puedan aplicar en todo momento y en cualquier lugar o circunstancia. No podemos crear un sistema rígido de normas, la idea es más como señalar el rumbo hacia el que nos queremos mover.

–¡Excelente! –lo anima Nancy –No te sientas atacado, solamente queremos tener claridad, porque los puntos que señalas dejan lugar a interpretaciones y dudas; es solo un borrador, pero hay que debatir, criticar y cuestionar, pues sabemos que no es palabra de Dios, de manera que tómalo con calma.

Juan respira profundo.

–¡Adelante, lo entiendo! –asiente.

Rebeca se lanza de nuevo.

–¿Qué quieres decir con "control de la población" ?, ¿significa esto que el gobierno que se establezca no te permitirá tener hijos o que esa decisión estará en las manos de ese mismo gobierno?

–Este punto es de vital importancia –sigue explicándose Juan –sin él no hay posibilidad de que la colonia pueda alcanzar el éxito, y está muy relacionado con el siguiente punto, que dice que la nueva sociedad estará basada en la riqueza y la abundancia; con ello no me refiero a lo que preguntaste, lo que quiero resaltar es que los recursos que tenemos en esta o en cualquier sociedad (es más, en el propio planeta), son limitados y, si la población crece de forma indiscriminada, los recursos nunca serán suficientes para poder crear una sociedad con base en la riqueza y la abundancia. Para que esto ocurra, es necesario un control de la población, pero esto no significa que el gobierno pueda decidir sobre quién puede tener hijos o no; este aspecto tiene que estar muy presente en la vida de todos a través de la educación y la información. No me puedo imaginar una sociedad próspera, creativa y afluente, fundamentada en la pobreza y la escases de recursos.

La idea de imponer, obligar o coaccionar a la población para que tome ciertas acciones, es la forma de pensar de las sociedades actuales –persiste Juan en su detallada explicación –y tenemos que salir de este círculo vicioso. No podemos crear una nueva sociedad con los mismos patrones mentales que traemos arrastrando de la antigua forma de vivir y estoy muy consciente que es una apuesta ambiciosa y un enorme riesgo. Les pido que imaginen una sociedad que está informada a este respecto y que, debido a la educación y la formación, se pueda autorregular sin necesidad de coaccionarlos: ¿pueden imaginarlo verdaderamente?, porque yo sí; justamente de esa manera la puedo visualizar.

Juan tenía que desquitarse por las preguntas, ¿cómo que solo se la aplican a él?, pero Nancy contra ataca.

–Y eso de "sin matrimonios ni familias", ¿cómo te lo imaginas?

Ella no se la iba a poner tan fácil.

–Muy sencillo –responde Juan de forma ecuánime – recuerda que he estudiado la historia de una manera concienzuda. El matrimonio es un subproducto de la propiedad privada, con la abolición de esta misma; dicho concepto queda por completo obsoleto en la nueva sociedad, ya que las mujeres podrán estar con quién lo deseen y durante el tiempo que decidan, que puede ser toda una vida o por el periodo que su corazón les dicte, al igual que ocurrirá con los hombres, sin necesidad de un contrato legal con la idea de que sea permanente. Como sabemos, la familia es una de las raíces de todo adoctrinamiento, ya sea ideológico o religioso; sin la familia, es casi imposible que esto pueda sobrevivir, ya que este mecanismo es la base de las sociedades actuales.

–¿Y los hijos? –pregunta Rebeca intempestivamente –¿qué pasará con ellos?, ¿el estado se hará cargo, como propuso el comunismo?

–¡Para nada! Los hijos tendrán, en lugar de un hogar, por lo menos dos, uno con la madre y otro con el padre y podrán estar en cualquiera de los dos o, si la comunidad es más unida, incluso podrá vivir en muchos hogares sin estar sujeto a una sola imagen paterna o materna.

–¿Y qué es eso de la meritocracia? –Nancy persiste con sus preguntas.

Lo que significa es que los puestos administrativos importantes serán ocupados por las personas más aptas para ejercerlos, de acuerdo con sus capacidades, desarrolladas a través de los estudios o sus habilidades y/o sus áreas de experticia, esto en lugar de hacerlo como hasta ahora, por una serie de políticos que, lo único que ponderan es el ejercicio del poder con todo lo que eso conlleva. En la nueva forma de vivir, habrá que solicitar y convencer a las personas más capaces para que ocupen esos puestos de enorme responsabilidad –concluye Juan.

–Los demás puntos –comenta Rebeca –me parecen claros por sí mismos.

–Solo uno más –interviene Nancy –el punto donde pones "sin ejército", ¿cómo podrá sobrevivir una sociedad sin un ejército?

–Nuevamente estás pensando en términos de las sociedades actuales; en ellas el ejército sí es necesario, porque hay otros países y, por ende, existe una necesidad de defenderse en caso de ataque, pero, si se eliminan las naciones y todos nos convertimos en una aldea global, por decirlo de alguna forma, ¿cuál sería la necesidad de tener un ejército?

Rebeca y Nancy aplaudieron finalmente y Juan se sobresaltó. No esperaba una reacción de esa magnitud, pero se repuso fácilmente y una sonrisa cruzó por su rostro. ¡Les había gustado!

–¡Claro! –dijo, orgulloso y contento –esto no es más que el principio, porque en el camino habrá que adaptar, modificar e incluso quitar lo que no funcione. Las cosas, como sabemos, son una en el papel y en la realidad suelen suceder otras muy distintas, así que, todo esto nos puede servir como un inicio, no como una declaración terminada.

Pidieron comida china, la misma que le gusta tanto a Juan, la que comió cuando se sinceró con Isabel.

Tienen un plan, al menos una idea muy clara, de la dirección a la que se quieren dirigir. Los tres están encantados.

A partir de ese momento, Nancy y Juan se dan a la tarea de buscar una extensión de terreno lo suficientemente grande como para albergar a la colonia piloto; por su parte, Rebeca se dedica en cuerpo y alma a desarrollar los programas de la nueva escuela y, tanto ella como Juan, contactan a las personas que se han mostrado de acuerdo con lo que ellos exponen.

Rebeca queda para verse con Cecilia en el Vips. Lleva una blusa muy ajustada que deja ver sus hermosos y bondadosos senos y se suelta un botón más que de costumbre. Trae una falda con pliegues, como las que usaba al entrar a la preparatoria y la falda se levanta cuando camina. Lleva también unas calcetas blancas y unas zapatillas negras y todo el conjunto da la impresión de una colegiala traviesa y sensual, además, apenas usa un poco de maquillaje para que el conjunto esté en total acuerdo con la imagen que quiere mostrar.

Llega a la recepción y ahí está Sofía, llena de vida y alegría.

–Hola Sofía, tengo una reservación –le dice Rebeca.

Sofía levanta el rostro y observa con gusto la figura que tiene frente a ella.

–Hola Rebeca, ¡que gusto!, no te había visto por aquí, ¿cómo la has pasado?

–Excelente –contesta Rebeca y su expresión no la deja mentir: se ve entusiasmada.

Ella observa la lista y dirige a Sofía una mirada sugerente.

—Enseguida te asigno una mesa.

Rebeca la toma del brazo unos segundos más de lo necesario, firme y a la vez suavemente. Al alejarse, lo hace regalándole una delicada caricia. Sofía le sonríe, sin duda se da cuenta de lo que le está dando a entender, voltea y le dice.

—Sígueme por favor.

Entonces, Rebeca la toma de la mano. Ya en una de las mesas, llega como rayo la mesera asignada.

Esta le pregunta —¿Le sirvo algo de tomar? —y Rebeca se sobresalta.

—Lo siento, no quise asustarla —se disculpa. Luego, Rebeca se sobrepone y pide un café negro.

—Muy bien —¿espera a alguien más?

—Sí.

—Estoy a sus órdenes —y se retira a toda velocidad.

Rebeca Voltea a la puerta y ve que Cecilia aparece. Lleva puestos unos pantalones muy entallados, mismos que dejan ver sin ambigüedad sus mejores atributos; un top que muestra su esbelto y firme tronco, unos tenis blancos y el cabello suelto. Cecilia se queda mirando a Sofía y le dice:

—Hola —se acerca más de lo necesario y la toma del hombro, mirándola directo a los ojos.

—Vengo con una amiga, Rebeca, ¿la conoces?

Sofía le devuelve la mirada y comenta pícaramente:

—¡No lo suficiente...!

Cecilia siente un cosquilleo entre sus piernas; toca delicadamente el cabello de Sofía y le sonríe. Al retirarse, su mano acaricia el cuello de Sofía, roza de manera suave su mejilla.

—Vamos —comenta Sofía, tomándola de la mano —te acompaño, es un placer.

Llegan con una sonrisa y le señala su asiento.

Ambas voltean a ver a Sofía, ahora no es como la vez anterior, pues el mensaje es claro y dice: nos interesas a las dos.

Solicitan su desayuno. Rebeca le cuenta a Cecilia todo lo que ha pasado y le pide que se una al equipo. Cecilia trabaja en un grupo industrial, donde es la encargada del área de recursos humanos y ahí tiene un buen sueldo mientras desarrolla sus habilidades en ese departamento.

—Amiga —exclama Rebeca emocionada —quiero que te unas.

Cecilia abre mucho los ojos, grandes y expresivos de por sí. Apenas está asimilando lo que le cuenta

Rebeca, que no es poca cosa y que, además, suena interesantísimo.

–Te propongo que renuncies a tu trabajo y te vuelvas parte de este proyecto, ¿qué dices?

–No entiendo muy bien. A ver, digamos que renuncio, ¿de qué voy a vivir? Tengo que pagar las cuentas de la casa, la hipoteca, en fin, ya sabes cómo es esto, no puedo irme así nada más.

–Ya está platicado, serás contratada por una empresa que está formando Juan y te darán de alta con el mismo sueldo y las mismas prestaciones que tienes ahora, ya verás, no te va a faltar nada, nos aseguraremos de eso. Yo renuncié en cuanto acordamos la realización de nuestros sueños, ¿qué dices, amiga?

Cecilia está un poco asombrada, no sabe ni qué decir.

–Déjame pensarlo un poco, ¿sí? –responde.

–¡Claro! Tienes hasta mañana, porque hay mucho que hacer y necesitamos a toda la gente que comulgue con nuestra manera de pensar y esté dispuesta a apostarlo todo.

Al terminar, le hace una seña a Sofía.

–¿Saldrías con nosotras en la tarde noche? –le pregunta directamente Rebeca.

Sofía se sorprende un poco, pero con una mirada rápida las observa.

—¡Claro!, ¿por qué no? —contesta.

Se van a cenar a un restaurante de lujo y se la pasan risa y risa, después se ponen al tanto, juegan y coquetean todo el tiempo y ya tarde, la invitan a la casa.

Cecilia enciende la chimenea para estar calientitas, aunque ya lo están por dentro y se sientan cerca del fuego a observar el baile hipnótico de las llamas. Sofía, que no dice mucho, queda en medio y Cecilia se ubica a espaldas de ella, le da un masaje en los hombros y el cuello y ella arquea la cabeza. Siente un gran alivio al liberar de tensiones esa parte de su cuerpo; Rebeca se voltea y queda frente a ella. Se inclina hacia ella, acerca su rostro y sus mejillas apenas se rozan. Sofía cierra los ojos, Rebeca la besa suavemente en la mejilla y se dirige a sus labios, en este punto, Sofía la recibe sin ninguna duda. Mientras, Cecilia pasa sus brazos por su cintura y lleva sus manos alrededor de sus senos, así, levanta la cabeza de Sofía y besa su cuello.

No vamos a observar la intimidad de estas jóvenes. Solamente diremos que Sofía les da las tres y las buenas, pues resultó ser una fiera en la cama; en resumidas cuentas, es más caliente que el sol y, tanto Rebeca como Cecilia, no se la acaban. Después de cuatro horas de intensa actividad, se recuestan empapadas.

–Vaya –dice Rebeca –¿quién iba a pensar que detrás de esa imagen profesional se encuentra una leona salvaje?

Por la mañana preparan el desayuno y Rebeca le cuenta sobre el plan que tienen para la nueva colonia; Sofía está terminando sus estudios en economía y se muestra escéptica; piensa que están jugando, pero Cecilia y Rebeca le hacen ver que no es una broma, sino un proyecto en forma.

Rebeca no la invita a participar, no puede simplemente andar invitando a cualquiera que se lleve a la cama, eso no la califica para el trabajo que está por venir. Se lo dice para observar su reacción y su manera de pensar; solo está tocando el agua para ver si está lista para los tamales. Sofía se queda en silencio con un bocado de los hot cakes en el tenedor. Le cuesta un poco captar lo que escucha y no es que sea difícil de entender lo que Rebeca dice, lo que la hace dudar es la credibilidad de lo que escucha. Después de unos segundos, comenta.

–Necesito un poco de tiempo para asimilar lo que me dices.

–Entiendo –dice Rebeca –no todos los días escuchas algo así, pero te aseguro que es cierto. Luego nos comentas tus impresiones, ¿sale?

—Sí —susurra Sofía y, una vez recuperada, les dice.

—¿Qué?, ¿vamos a continuar con lo que quedó pendiente anoche?

—Cecilia voltea a ver a Rebeca con la boca abierta.

—¿Todavía no llenaste?

—Mm... —Sofía tuerce la boca —para eso me gustaban, primero alborotan el avispero y ahora quieren salir corriendo —y se ríe con ganas.

Tanto Rebeca como Cecilia no saben si lo dice en serio o en broma, pero se quedan mudas.

—Lo entiendo —responde Sofía —no todos los días escuchas algo así —y las tres se sueltan riendo.

Se retiran a continuar con sus actividades, no sin antes darse un beso cariñoso, aunque Sofía aprovecha para plantarles un beso en toda forma: se las quiere comer y no se anda con pequeñeces.

CAPÍTULO X
MANOS A LA OBRA

Nancy le pregunta a Juan:

–¿Cuál es la población que tendría la colonia?

–Me parece que podemos empezar con un plan piloto, pero había pensado en unas cinco mil personas.

—¡Vaya!, ¿y eso es para el plan piloto?

—Sí, con eso podríamos comenzar —responde Juan.

—Bien, se ve que vas en serio.

—Pues claro, vamos con todo.

—¿Tienes alguna preferencia en cuanto a la región?

—No en especial, solo que sea un lugar que no esté muy alejado del Distrito Federal.

Nancy se pone a buscar terrenos. Después de mucho indagar y ver diferentes opciones, se decidieron por uno cerca de Cuernavaca, que es lo suficientemente grande para albergar a unas cinco mil personas, incluyendo extensas áreas de tierra para cultivo, agua disponible y de fácil acceso a las vías de comunicación.

Presentan los planes: el conjunto tendrá un área dedicada a las viviendas y de inicio construirán una serie de casas para ir albergando a la organización, ya que serán los primeros en trasladarse, una vez que esté habitable y con todos los servicios. También está incluida el área para la educación, tomando en cuenta la expansión en un futuro. Desde que se compró el terreno, Juan planeó que todo el perímetro estuviera delimitado con un conjunto de árboles, un sistema de riego automático de última generación y un sendero que permita recorrerlo, tanto por vehículos como por peatones.

Los planos muestran un área destinada para los talleres de distintos tipos: mecánicos, eléctricos, hidráulicos o neumáticos y en ellos trabajarán las personas en las especialidades que escojan; además, dichos talleres cuentan con un área dedicada a la educación para que los niños puedan aprender los distintos oficios, así como tecnologías y artes de una manera segura y eficaz, es decir, a través de la práctica. También está designada un área para las artes: pintura, escultura, literatura, música, teatro y danza; por supuesto que está incluida una enorme biblioteca. Se ve claramente una sección para salones de usos múltiples, área de salud, servicios médicos y terapéuticos. También está el espacio para cultivos y una gran extensión para lo que se requiera en el futuro.

El terreno está delimitado por los pinos y el sendero, pues la idea es incorporar las últimas tecnologías, a la vez que respetar el medio ambiente. Instalaron los drenajes de aguas negras para que hubiera una doble salida; por un lado, hacia el drenaje de la zona y, por el otro, hacia una planta de tratamiento de aguas negras. Para ser capacitados con la mejor información al respecto, sería enviado un especialista a Francia e Inglaterra para acceder al conocimiento y los adelantos en esta materia.

Las aguas grises también serán tratadas y reutilizadas para riego y la iluminación general será instalada con base en los mejores sistemas de fotoceldas y generadores eólicos; con esto se asegura la existencia de un sistema redundante, es decir, que también están conectados al sistema de energía de la CFE. Como la zona es de clima templado y no faltan las lluvias, instalaron un sistema de captación de agua para aprovechar al máximo cualquier recurso que la naturaleza les ofrezca, luego, en el área dedicada al cultivo, instalaron un sistema de riego automático.

Una vez que los servicios básicos estuvieron listos, comenzaron a construir las primeras casas; en ellas vivirían Juan, Nancy, Rebeca y los principales administradores y cada uno tendrá su vivienda personal a su gusto. No escatiman recurso alguno para construirlas con todas las comodidades, lujos y las últimas tecnologías, lo más ecológicas que sea posible y aisladas térmicamente para que cuenten con el mínimo de climatización interior. También tienen autosuficiencia de energía eléctrica, con paneles solares y los generadores eólicos; además de muchas ventanas y entradas de luz natural, que permiten usar al máximo este recurso, así como también calefactores solares de agua de alta eficiencia. Construyen las casas con toda la mano y, para eso, Juan no escatima en nada: recordemos que no tiene una mentalidad de pobre.

Una vez establecidos en sus nuevos hogares, se dan a la tarea de supervisar las diversas construcciones. Comienzan con las áreas de cultivo; la idea es que la colonia funcione lo más autosuficientemente posible, y la alimentación es, por supuesto, una necesidad de primer orden.

Han estudiado el subsuelo y perforan varios pozos profundos para disponer de agua en caso de desabasto o necesidad urgente y, aunque saben que no deben utilizar este recurso de manera habitual, estarán preparados en caso de ser necesario.

Después de dos años de intenso trabajo, la colonia ya se ve como tal. Se han ido agregando las viviendas a medida en que el proyecto crece y lo hace a gusto de los residentes.

Juan y uno de sus equipos se han encargado de hacer todo un programa de promoción, dando a conocer el proyecto por todos los medios posibles. Con el surgimiento de la Internet, todo es más fácil. Después de mucho buscar y reflexionar, llegan a la conclusión de que la colonia será una sociedad civil sin fines de lucro. Al menos por el momento, cumplirá con lo que se requiere, después de todo, no están organizando una célula terrorista ni nada que represente un peligro evidente para la sociedad. Lo que no se imaginan las autoridades es que, debido a las bases sobre las que se está construyendo, no solo representa un peligro para las sociedades actuales, sino que mina por completo los cimientos de estas. Este proyecto es una amenaza directa a todo lo que conocen, pues si la colonia tiene éxito, será un reguero de pólvora y no habrá manera de detenerla.

Llegan las solicitudes de muchas partes del mundo para unirse a la colonia, mayormente son jóvenes idealistas que desean participar de esta visión. Cecilia lidera el departamento de recursos humanos y realiza las entrevistas y la selección de las personas más idóneas para formar parte de la colonia. La mayoría no tienen hijos, pero hay quien sí los tiene. Gradualmente se va conformando la comunidad Renacer. Hay miles de cosas que atender, ajustar, cambiar y Juan, Nancy y Rebeca se han encargado de delegar infinidad de asuntos y solo tratan con las cabezas de cada una de las áreas, ya que les resulta imposible en la práctica hacerse cargo de los miles de detalles y minucias que hay que ir resolviendo.

Sofía, finalmente se unió al proyecto y lidera el departamento de finanzas, construyó su vivienda al lado de la de Rebeca y no faltan las visitas de ambos lados, Rebeca nunca deja de sorprenderse de la capacidad de goce de Sofía, nunca le alcanza para dejarla a tope.

Las extensas áreas están en pleno funcionamiento; hay todo tipo de cultivos que pueden prosperar, de acuerdo con el clima y la región y lo que hace falta, lo compran. Organizan la venta de los excedentes a los grandes almacenes de la zona. Las frutas, legumbres, vegetales y hortalizas son cultivados orgánicamente y se van haciendo poco a poco de una marca prestigiosa, al grado de que ya se buscan sus productos por las certificaciones que poseen. Los sistemas de tratamiento de aguas residuales funcionan eficazmente y puede decirse, a estas alturas, que todo está listo y bajo control.

Los primeros que se han unido a la colonia son los especialistas de cada área: ingenieros, arquitectos y urbanistas, ellos instalaron y pusieron en marcha todo lo necesario para el buen funcionamiento de la colonia y ninguno de ellos es tonto o aletargado. Al ir enterándose de lo que se trata en tanto trabajan, la mayoría están dispuestos a participar en este experimento. Los nuevos integrantes reciben una información detallada de los puntos fundamentales del funcionamiento de la colonia y los cabezas del proyecto se aseguran de que la gente que participa, lo haga de una manera completamente consciente para que nadie pueda decir en un futuro que fue engañado o que recibió información inexacta.

Ya llevan tres años en la colonia y todo funciona de manera excelente. Ha sido una locura de actividad, esfuerzo y energía. Rebeca, Nancy y Juan forman la cúspide de la pirámide rectora; nunca se habían sentido tan vivos, pero todo ha sido extenuante. Ahora ya no solo es su visión de las cosas, sino que están abiertos a las aportaciones de otras personas, de los especialistas o de todo tipo de fuentes que aporten mejores ideas y soluciones más idóneas.

El prototipo que ambos realizaron va tomando forma; han tenido que descartar algunas de sus propuestas iniciales por no ser viables, como lo que sugería Juan sobre el no uso del dinero: eso quedó descartado casi de inmediato porque restringe la libertad personal y hace que los individuos dependan de la autoridad para tener fondos y hacer lo que les plazca.

La colonia va tomando forma con la aportación de muy variadas y diversas fuentes, maneras de pensar, y diferentes enfoques, sin embargo, las raíces y el tronco de esta siguen siendo lo que ellos, desde un principio se habían planteado.

No es que de pronto hayan inaugurado la colonia, sino que se fue formando poco a poco, a medida que se integraban más y más personas de manera natural. Las instalaciones básicas están todas construidas, la colonia funciona cada vez mejor, ajustando aquí, jalando allá y empujando acullá. Hay, de pronto, un pequeño cambio en un lugar, un gran cambio en otro; se descarta esto, se agrega aquello y todo se va ajustando de acuerdo con las necesidades que van surgiendo.

De manera simultánea, por aquellas cosas que parecen mágicas y que se escapan al común de la gente, ya sea porque la sociedad ha madurado lo suficiente, por sincronicidad o tal vez obedeciendo a las necesidades en tiempos de crisis, todo va fluyendo y confluyendo en armonía. Al mismo tiempo se desarrolla un experimento muy parecido con la inspiración y bajo la tutela del místico más importante del que se tiene noticias, conocido con el nombre de Osho, quien ha instalado en el estado de Oregón, en Estados Unidos, una comuna de tipo espiritual. Ambos experimentos comparten características muy similares: no cabe duda de que, cuando el tiempo es el adecuado, ciertas cosas se manifiestan de manera irremediable, ya sea en manos de un místico o, como en este caso, de nuestros extraordinarios personajes.

Ya hay un número suficiente de niños para iniciar su educación. Rebeca se hará cargo directamente de los niños más pequeños, entre los cinco y los siete años y el Departamento de Educación iniciará el programa con los niños de otras edades.

Ella tiene claro que tendrá que luchar con las cosas negativas, lo que no quiere que se propicie y exista en la nueva educación, como lo puso en su propuesta inicial, pero ahora hay que elaborar la parte positiva, que es lo que debe contener el nuevo sistema. Ella lo enumera de esta forma:

Plan de estudio para los niños de cinco a siete años

1) Los grupos no deberán exceder los quince alumnos para que el asesor pueda brindarles una atención personalizada.

2) Se sugiere que la actividad inicie con la presencia de dos asesores, y de ahí se decida si el desarrollo de las actividades requiere su presencia a lo largo del día.

3) El programa de los niños deberá incluir actividades físicas diarias, pero no se presentarán como obligatorias bajo rutinas de ejercicios predeterminados, sino como una serie de invitaciones y opciones para que cada uno elija lo que más le agrade. Se realizarán excursiones a los plantíos, a un monte cercano o a un lago. A los niños que no deseen ir de excursión, se les permitirá jugar a discreción al aire libre o en las áreas de juegos, también podrán jugar, en equipos, actividades como el futbol, voleibol, basquetbol, frontón o los juegos que ellos inventen o sugieran.

No tienen que realizar actividad física a una hora determinada y hay que observarlos de manera individual, pues en esta edad, lo natural es la actividad física espontánea. Puede ser que el niño se muestre apático porque tenga alguna enfermedad, un problema en casa o simplemente está cansado; el asesor tiene que estar enterado de la situación particular de cada niño y respetar la tendencia natural de cada uno de ellos. Hay que recordar que esta es una guía para seguir, no una disciplina militar. Aquí lo importante es el niño y su desarrollo, lo más apegado a su propia naturaleza como sea posible. Se pueden requerir más asesores por clase, por ejemplo, si hay una excursión en puerta, un asesor irá con los niños que quieran participar, mientras que otro se queda con los que no deseen ir.

El día anterior se les presentarán las opciones y ellos dirán en qué actividad quieren participar; desde muy temprana edad hay que impulsarlos a que tomen sus propias decisiones y se hagan responsables de ellas, no a través de castigos o coacción, sino por el diálogo y el debate abierto. Se sugiere que los primeros días se les deje sin ninguna actividad en particular para que el asesor pueda darse cuenta de cuál es la tendencia natural de cada uno. Debemos observar en detalle qué es lo que hacen sin ninguna guía y a qué dedican su tiempo si no son llevados por la mano de alguien; de esta observación cada asesor puede sugerir juegos en conjunto o lo que más se ajuste a los niños del grupo, siempre respetándolos sin que tengan obligación alguna de participar en una actividad en particular. Serán ellos los que decidan lo que desean hacer. Resumiendo: el niño tiene la libertad de escoger cualquier actividad física de su elección.

4) Se les impulsará a que conozcan y exploren su cuerpo, lo cuiden, lo respeten y lo amen sin inculcarles de modo alguno vergüenza o algún tipo de condena hacia él. Se realizarán actividades en las que participen sin el uso de ropa, tales como jugar en los chapoteaderos, nadar en un riachuelo o tomar baños de sol. Se sugiere que los asesores participen

por igual de dichas actividades con el fin de apoyarlos.

5) Se les invitará y promoverá para que conozcan, respeten y convivan con diversas especies de vida de todo tipo: plantas, animales o insectos.

6) Se les motivará, a través de juegos, a que establezcan relaciones interpersonales de una manera creativa y respetuosa, poniendo énfasis en el desarrollo de la empatía.

7) Se les demostrará, con ejemplos y juegos didácticos, que todos los seres humanos tienen el mismo valor y que la discriminación por cualquier motivo es una premisa falsa.

8) Se les impulsará a que desarrollen la colaboración entre ellos y los demás para lograr los objetivos que se propongan.

9) Se les inspirará a que desarrollen su capacidad crítica o de cuestionamiento y a que expresen abiertamente cualquier duda que puedan tener, además, se les guiará para que puedan resolverlas con base en la verdad, no como una salida falsa para acallarlos. Hay que hablar con la verdad, y si no conocemos la respuesta, habrá que admitirlo.

Cuando algo sea cuestionado, se abrirá un debate entre todos, señalando los pros y los contras, los conceptos e ideas que no correspondan a la realidad y los que sí lo hacen, pues hay que llegar a una conclusión cuando sea posible.

Al criticar o ser criticados se les mostrará la manera adecuada de manejarlo sin sentirse agredidos o atacados. De igual manera, si se critica una situación o realidad existente, se les pedirá que piensen en una forma de mejorarla o cambiarla para que pueda ser resuelta; esto se hará, tanto de forma individual como grupal, organizando grupos de trabajo, debates y lluvias de ideas.

10) Se les mostrará que cualquier ocupación o trabajo tiene su dignidad y valor en el desarrollo de sus vidas y que cada quién puede elegir lo que le agrade o por lo que se siente atraído y no se hará énfasis en la importancia de alguna sobre otra. Participarán del mayor tipo de actividades que sea posible y lo harán elaborando algún proyecto creativo, ya sea un juego, un juguete o lo que se les ocurra y llevándolo a cabo en las áreas didácticas de los diferentes talleres; también se les mostrarán en vivo las diferentes disciplinas que se requieren para su correcta y completa elaboración. En dichos proyectos, se les mostrarán las diversas materias, tales como las matemáticas, el uso adecuado del lenguaje (o lenguajes especializados), los principios de la física, química, biología, electricidad, etc.

Se entiende que las propuestas estarán de acuerdo con el desarrollo de las capacidades cognitivas y motoras, propias de cada edad.

11) Se les enseñará historia de manera creativa, realizando obras de teatro con títeres, cuentos y juegos. Se hará énfasis en señalar, de manera clara, los errores que han llevado a la humanidad a la violencia y la guerra.

12) Se encausarán los sentimientos destructivos, tales como la ira, la envidia, la ambición o la frustración con la expresión de estos a través de la gestión de dichas energías dirigidas hacia actividades como competencias o movimientos físicos como golpear un saco de boxeo, diversas formas de expresión como gritar, llorar, pintar, arrojar algo, escribir, reclamar, cantar, componer, etc. De ninguna manera se les enseñará a bloquear o reprimir dichas emociones y sentimientos, sino a darles salida de manera creativa y sin peligro de daño ni para ellos ni para cualquier otro ser viviente.

13) Se hará énfasis en el concepto de una sola humanidad en lugar de educarlos en el nacionalismo y el patriotismo.

14) Se promoverá el desarrollo de una actividad artística de cualquier tipo; recorrerán una a una las distintas disciplinas hasta que descubran una o varias que sean de su gusto. Una vez hecho esto, se

les impulsará a que la desarrollen como parte integral de su educación.

15) El énfasis principal, en esta etapa, se hará en su desarrollo físico, emocional, y estético sin impedir el crecimiento de sus capacidades mentales y estas serán impulsadas en las etapas posteriores de su formación.

Lo que se pretende es que vayan creciendo de manera equilibrada y la actividad mental está incluida, pero no se hará énfasis en ella.

Con estos conceptos, y los que aportaron los expertos del área didáctica, maestros, sicólogos y pedagogos, armaron el programa para los niños entre los cinco y los doce años. Todos tienen claro que, una cosa es la teoría y otra muy diferente la práctica. Así que, una vez que inician, deben realizar una gran cantidad de ajustes, cambios y descartar algunas cosas imprácticas. Una y otra vez se enfrentan con procedimientos inadecuados o equivocados, pero nadie se frustra ni pierde la paciencia, porque saben que así es el proceso: lo importante es que tienen una dirección clara, los detalles, métodos, enunciados y supuestos, se van adaptando, cambiando o eliminando, según lo dicte la necesidad del día a día.

La educación, en esta etapa temprana del desarrollo, involucra de una manera directa a los padres, que participan de forma muy activa en todo el proceso, tanto en la elaboración de los planes de estudio, como en la práctica de los mismos. Ellos no quieren caer en el error de enseñar algo que sea contradictorio con lo que los niños viven en sus hogares.

Así, a tropezones y empujones, arranca el proyecto de una nueva educación, fundamentada básicamente en los principios que, con el tiempo y un ganchito, la maestra Rebeca, alias la loca, ha logrado traer a la vida. Ya nadie le dice así ni piensan en esos términos acerca de ella. Finalmente se encuentra entre aquellos que comprenden y forman parte de su visión por la educación y son como ella unos rebeldes que no se conforman con lo establecido y que no funciona adecuadamente dentro de las viejas y caducas estructuras de este mundo.

EPÍLOGO

Cuando se encuentran en un callejón sin salida, Rebeca accede, no sin oponer resistencia, a visitar el más allá, acompañada de la eterna presencia de Nancy y Juan. Estas visitas siempre son una experiencia nueva, que los cambian profundamente desde muy adentro.

Han pasado diez años desde que iniciaron la colonia Renacer y han tenido mil y una dificultades, pero han salido adelante. Se han vuelto autosuficientes en todo lo esencial y tienen relaciones de todo tipo con el resto del mundo; luego, por supuesto, no han faltado detractores y enemigos, pero ellos los han podido sobrevivir. Juan y Nancy tienen una niña de cinco años que, al parecer, no heredó la condición de Juan. La niña, claro, va a la escuela con su tía Rebeca.

La colonia se ha vuelto una pequeña muestra de una aldea global; en ella hay personas de muchos lugares y se habla el inglés como idioma común, pero se respetan todas las culturas.

Están pensando en abrir otra colonia, esta vez más grande, ya no solo con el financiamiento de Juan, sino con una unión de capitales de diferentes fuentes. El modelo ha sobrevivido.

Por otro lado, el experimento de la comuna de Osho provocó una enorme molestia en las élites de poder, tanto político como religioso, tanto así, que se instrumentó una estrategia para destruirla. Finalmente, la élite tuvo éxito y aquel hermoso intento quedó por completo exterminado. Extraditaron a Osho a su tierra natal e intentaron hacerle la vida imposible. Lo que no entendían los políticos ni los religiosos es que al hacer esto habían contribuido a que las enseñanzas de este hombre se propagaran rápidamente a nivel mundial; pero así son los políticos y los religiosos, ¿qué se le hace? Queda demostrado que no aprenden las lecciones más básicas y al final solo contribuyeron a propagar aquello que deseaban destruir.

Tiempo después sobrevino una gran crisis que arrasó a la población global y destruyó las colonias piloto. Ya eran diez, pero todo estaba completamente documentado y archivado. La nueva humanidad que surgió tomó como modelo el trabajo de Rebeca Bocanegra, Juan José Guardiola y Nancy Durán para la reconstrucción de su nueva forma de vivir. Finalmente, la humanidad había aprendido las lecciones de la historia. La lucha y el legado de estos extraordinarios personajes fueron las bases de la forma de vivir del mañana (*Ver el libro Mañana de Max Palicio, Editorial Aldea Global).

FIN.

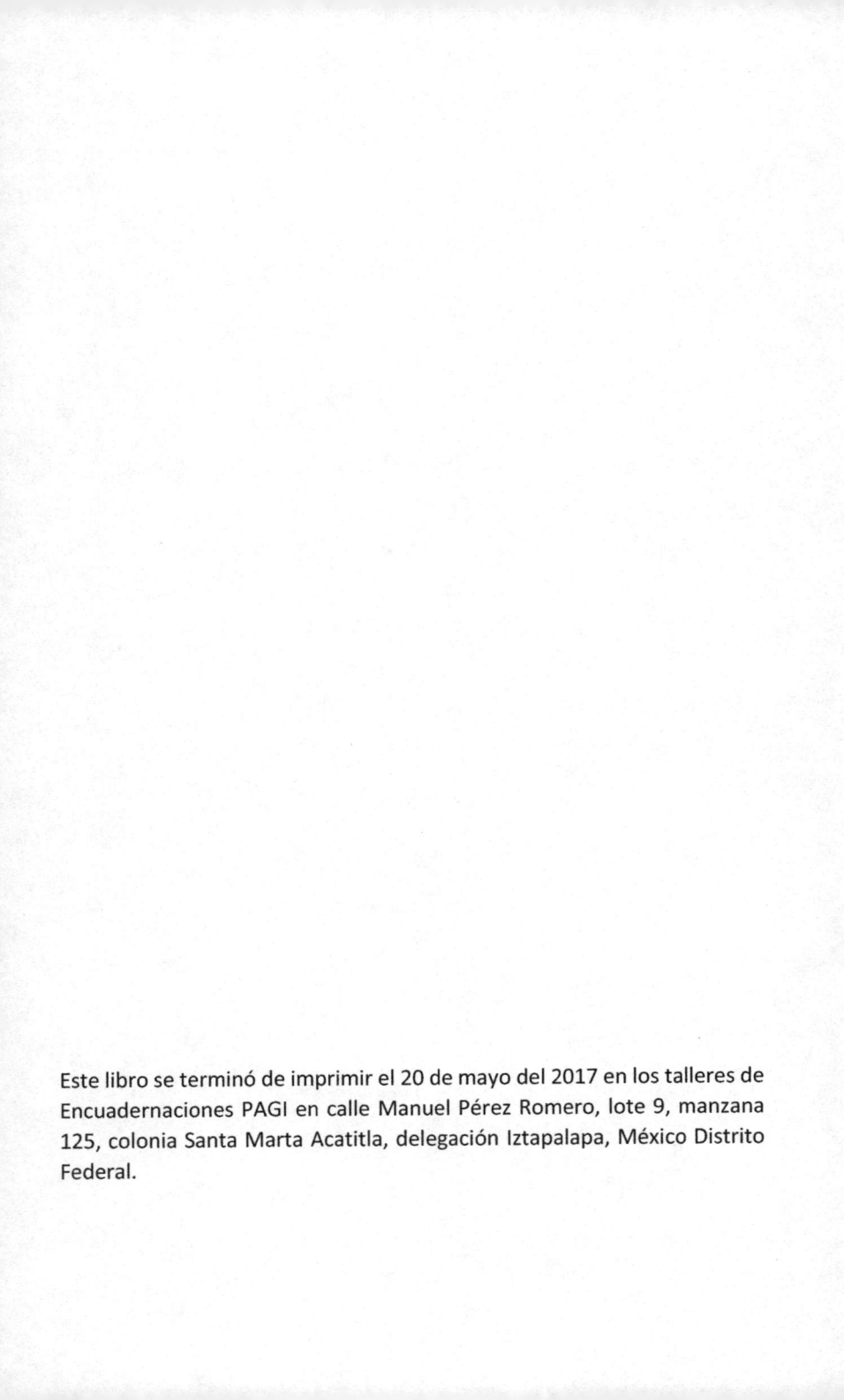

Este libro se terminó de imprimir el 20 de mayo del 2017 en los talleres de Encuadernaciones PAGI en calle Manuel Pérez Romero, lote 9, manzana 125, colonia Santa Marta Acatitla, delegación Iztapalapa, México Distrito Federal.